貓與海的彼端

Sea You There and Us

作者×巧喵
插畫×星期一回收日

× 目錄 ×

序　起點，馬尾

搬離老家前，花了好幾天整理近三十年來的雜物，連老媽都捲起袖子來幫忙。

「咦？卡住了？媽，幫我用手電筒照一下可以嗎？」

書桌抽屜因為年久失修卡住了，整層抽出來後，發現深處卡著一疊圖畫紙。

「這是什麼？」見老媽想查看，我趕緊藏到背後。

「不重要。廢紙啦哈哈。」

顯然，我越遮遮掩掩，母親大人的好奇心越是被點燃。

「喔喔？是情書嗎？還是被封印的中二回憶？哎，妳有什麼黑歷史是老媽我沒看過的？好嘛，借我看一下嘛？」

實在無法承受一位五十好幾的歐巴桑撒嬌哀求，我乖乖交出那裁切裝訂像是被貓啃爛的畫紙。

她接過，瞬間大笑。

「妳笑成這樣太過分了吧？」我瞇眼看向她。

「對不起，但是，太好笑了。啊，我肚子好痛。」老媽笑著笑著還補刀說：「幸好妳沒有真的去當漫畫家……不是妳先餓死，就是讀者先瞎掉吧……」

沒錯，這疊被她笑道一文不值的紙，就是我小時候畫的漫畫。

好吧，我承認，確實是連我自己都會忍不住吐槽的水準！

「線條像是被雷劈到！」

「人物永遠只有四十五度和側面兩種角度！」

「最淒慘的，莫過於《海底四仙女》、《愛天使傳說》這類連本土劇都會嫌妳俗的標題！」

我們一人一句，越爆越多槽點，最後，笑到眼角泛淚，視線還因此模糊了。

然後我在最後一頁，看見了再熟悉不過的筆跡。

我以食指指尖輕輕撫過那道淡淡的塗改過的痕跡，既懷念又悲傷；既難過又溫暖。

我想起這是我最早開始創作的契機，也是我最早開始說故事的原因。

更是一切的——起點。

升上小三的第一天。

熱得要命的升旗典禮，校長在台上滔滔不絕：「本校分班以電腦亂數隨機打散，非常公平，絕對不存在能力分班的狀況。每兩年分班一次，是為了……」

我後面幾個女生好像感覺不到熱，她們一直在哭。

捨不得同學可以哭成那樣？我真的好難想像。

下課沒有一起玩的同學，上課也跟不上老師進度。在下，就是俗稱的「邊緣人」是也！

舊班導甚至常拿我開玩笑。

『同學要認真啊。你們看筱榕，她ＩＱ不高，但也是念得很認真啊。』

007 ╳ 006

序　起點，馬尾

哈。哈。哈。真好笑。

升旗一結束，我就拔腿衝向新教室，並不是因為我有多期待新同學和新課程，單純是我不想在新學期第一天就中暑。

同學們都還在哭哭啼啼和拉拉扯扯。只有我，將以第一名之姿，抵達新教室！

但我一踏進門內，就見到一個綁著高馬尾的女生。

怎麼可能有人比我快？難道，她……

是我的同類？

可惡，剛才晒太久，進到室內只覺得眼前一片黑，根本看不清楚這個比我還邊緣的女生長怎樣。

給我等著，我一定要看清楚妳是誰！

不一會，新同學們湧入了教室中。

高馬尾一下就跟大夥打成一片，甚至代替了還沒出現的老師指揮起秩序。

「照身高，分四排。等一下由矮到高輪流坐到位置上。」

她聲音很宏亮，但不高，甚至比班上部分男生還要低、還要厚。

一點點沙啞。但真的只有一點點。所以，也不會覺得她粗魯。

她知道什麼時候要發號施令，什麼時候要親身示範；她知道什麼時候要嚴肅，什麼時候要開玩笑；她知道什麼時候要推進，什麼時候要等待。

女同學都很崇拜地照做，男同學也很樂意配合。

導師進教室後，大力讚賞她：「謝謝妳，升旗的時候交代妳果然是正確的！」

所以，她是在升旗典禮那段時間認識了新班導，接受了安排位置這個任務，才會第一個來到新教室嗎？一下就收服新老師，又收服了新同學！她也太懂得跟別人打成一片了吧！

我明白了，這傢伙不僅不是我的同類，還是我最害怕的類型——和我這種邊緣人完全相反的風雲人物。

「結果妳自己還沒排到呢，快點找個位置吧！」導師提醒她，她點點頭。

她朝我的方向走來。不知為何，我好緊張。

她比我高最少半顆頭，一定會去後排，不可能坐我附近的。嗯，拜託拜託，請妳就這麼走過吧！不要過來！

然而，她卻在我正前方轉身。

她的馬尾掃過我的臉頰。

我下意識眨了一下眼睛，以為會被她頭髮刺到。

身為一個美髮師的女兒，我對洗髮精的香味也小有研究。然而，她髮尾散發的淡淡花果香與木質香，卻是我從未遇過的。

就這樣，受到眾人愛戴的高馬尾小姐，選擇了我的正前方坐下。

「因為我們是新班級，大家還不認識彼此。老師先推選一位班長出來，下學期我們再投票——」

班導一面說明，一面在黑板上寫字。同學們已經非常興奮地看著我前面這位。

我斜向左，又斜向右，偏偏未來的班長完美地擋住了我。我什麼都看不到，只聽見粉筆在黑板上敲擊磨擦的聲音。刺刺癢癢的。

最後，在她的後腦杓與高高的馬尾之間，我看到她的名字大大地被班導寫在黑板上——童可蔚。她的名字叫做童可蔚。

童可蔚害我每一節下課都不能留在位置上發呆。

每一節，她的座位都擠滿了想跟她聊心事的女生，想找她打球的男生，還有搶著約她一起去廁所的副班長溫苡真和風紀股長鄭昕霓。

上廁所這件事到底有什麼好約的？難道她們要在廁所偷偷召喚惡魔？還是施展不能被人發現的黑魔法？除此之外，我實在想不通為什麼要「約廁所」啊！再怎樣要好的朋友，都不會想讓她聽到自己「如廁」的聲音吧！

每一節，我原本平靜的下課時光，都會受到她這個大紅人的波及。

每當下課鐘聲響起，我便嘗試以最快的速度逃出這個暴風圈。哪怕慢了一點，這些風雲人物此起彼落歡樂開朗的笑聲，就會肆無忌憚侵蝕我的孤僻。

今日已累計三節下課逃脫失敗，現在是第四節課。

社會課，老師基本上照著課本念，告訴你哪裡要畫線哪裡要圈起來。

苦命的我，下課時為了遠離童可蔚和她的跟班們，早已耗盡了力氣，上課時還要被童可蔚擋住了大半個黑板，什麼筆記都抄不到。

所以啊，社會老師，原諒我吧。我現在趴著打瞌睡，都是童可蔚害的。

秋風真舒服，吹進教室內，牆上的日曆被吹起了一角，和窗外的樹一起發出沙沙的聲音，就連童可蔚的高馬尾也被吹起了髮尾，非常輕微地擺盪著。左晃，右晃，左晃，右晃。她的頭髮真的好直、好長、好黑。髮量偏多，但不毛躁；髮根健康，卻不粗硬，才能綁得這麼高、這麼漂亮。我媽是美髮師，我比誰都知道這樣的髮質有多麼珍貴。而我，天生的自然捲，還是爆炸捲，毛毛躁躁的。啊，真的好羨慕童可蔚。不愧是各方面都和我相反的傢伙，連髮型跟髮質都和我相反啊。她洗頭髮的時候一定很快樂吧，不會打結，不會亂翹。她的頭髮摸起來一定又柔又順又乾爽，摸完指尖還會留下淡淡的香味……就像這樣……就像這樣……

就像這樣？

回過神來，我居然不是在做夢，我是真的握著童可蔚的長馬尾？

而她正轉側身，紅著臉瞪我。

「妳要抓多久？」

我感覺心臟跳得好快、好大聲，好像我的心臟並不長在胸口而是長在我的耳朵裡面。

「對不起因為我頭髮很捲很想知道直頭髮是什麼感覺。」

這是我開學以來說過最長的句子，而且我一說完就後悔了。恐怕在她眼中，我不是癡漢，就是笨蛋。

怎麼知道，她居然認真思考了起來。

「好吧，那妳再告訴我感想。」

她笑了笑，轉頭回去聽課。我卻依然只聽得見自己心臟用力跳動的聲音。

「今天不摸嗎？」

隔天，同一時間，童可蔚突然轉頭問我。

我嚇壞了。

「今天只有上半天。妳現在不摸，今天就沒機會了。」

她到底是在捉弄我？還是真心想要我摸？

「吳筱榕！我在問妳欸！」

「是……是！」

秋老虎的尾巴，還不需要穿長袖的季節，我的手指卻好冰好冰，一碰到她的髮梢，就被靜電電得好痛。

「感想？」

「是！這是我摸過最直最順的頭髮了！」

她瞪得圓圓的眼睛慢慢瞇成兩道彎月。她左臉有酒窩，右臉沒有。

一個星期後。

下課鐘響。

我居然沒有立刻衝到暴風圈外。

我居然心甘情願留在暴風圈內。

我一手握著可蔚的馬尾。

「妳在幹嘛啊？為什麼一直抓著可蔚的頭髮？」風紀鄭昕霓質問。

我也不知道我在幹嘛啊！我比誰都想要逃跑啊！明明我鬆手就可以了，就可以了啊！好，現在，此刻，放手吧！就可以像以前一樣躲得遠遠的！

但我居然做不到。

「她在記錄心得感想。」

可蔚回答，左臉的酒窩又浮現。

我究竟是在哪一個瞬間被「收服」的？

第一次摸到她的馬尾時？第一次被她取笑捉弄時？

我又為何如此嚮往她呢？因為她特別好聽的名字嗎？或是因為她和我截然不同的性格？

也許，是最一開始，當我看見她一個人站在空蕩蕩的教室，我因為晒了太久太陽，一時間不習慣室內光線的時候。

那時，我看見的她，全身散發著光芒；那時，習慣在校園裡「隱形」的我，被那個身影深深吸引著，並期望能在她身上，找到和自己相似的地方。

這樣說或許有些老套，但當時的我確實認為，如果天使在人間有形體的話，就會像她這樣，暗暗發光。

第一章 秘密，貓貓語

同樂會，每位同學可以帶一個玩具來學校，零食由老師準備。

可蔚帶了她最喜歡的漫畫，我帶的是兒童餐最新送的玩具。

「筱榕，妳也有在看這個卡通？我也很喜歡喔。」

溫苡真拿出她的玩具，跟我的是同一系列。

我其實沒什麼看過這個卡通。我喜歡的是那天去麥當勞的記憶。那天，媽媽難得休假，我們搭了一個小時的公車去市區的麥當勞，和爸爸見面。

「森林家族！」

大家讚嘆著鄭昕霓帶來的「大」玩具。

哇喔，真不愧是家長會會長的女兒啊。

班導見狀，露出有點為難的表情。

「昕霓，老師昨天有提醒大家喔，說只能帶一個玩具。」

「我只有帶一個啊。就這『一個』。」

就連幾公尺外的我，都感覺得到老師的尷尬。

老師，玩具比你想得還現實啊。它代表的不是童心，而是貧富差距。如果不希望同學之間比較或嫉妒，就不要允許大家帶玩具來學校啦。

此時，心有不甘的同學酸酸地說：「咦？我還以為昕霓會帶公主城堡咧。」

「喔！最新廣告的那個嘛！」

本來滿滿驕傲的鄭昕霓，瞬間臉都垮了。

「我上次經過玩具反斗城看到公主城堡放在門口，所以它才是第一名的玩具。」

「我媽媽說，森林家族大概一、兩千。公主城堡要三千多塊。」

「三千！我今年壓歲錢才三百塊。」

「其他的都被媽媽收走了吧，哈哈哈哈。」

大家越扯越遠，忘了本來的話題。只見鄭昕霓氣鼓鼓地把森林小屋丟回盒子裡，一面丟還一面流眼淚。

就在大家都不知道要說什麼，連老師也覺得棘手的時候。

「不可以這麼任性喔。」

可蔚走上前，看起來好像要「訓話」的樣子，語氣卻很溫柔。

「玩具是爸爸媽媽辛苦賺錢之後，特地買回來送給我們的。他們希望我們開心，才會送我們玩具。」

鄭昕霓抬起哭紅的眼睛，看著可蔚。我第一次看到她這麼挫折的表情。本以為她就是個被寵壞的小公主，沒想到她也會露出這種表情。

「我也沒有一定要買公主城堡嘛。只是，我爸爸以前都會帶我去買最新的玩具，結果我弟弟出生了之後，他就沒時間帶我去了。」

「不管玩具多還是少，貴還是便宜，都是爸爸媽媽想要表達他們很愛我們的意思。」

鄭昕霓點點頭，並再次將森林小屋從盒子裡拿出來。

導師見氣氛緩和下來，趕緊話鋒一轉。

「好！大家！現在可以到講台排隊拿點心了喔！」

正如老師預料的，大家瞬間忘了前面發生的事情，蜂擁到零食區。

我不喜歡跟別人擠，想等最後再去，鄭昕霓卻突然走向我。

「可以跟我一起玩嗎？」

嚇我一跳！為什麼要找我？我看起來比較好欺負？能讓她重新找回優越感？

我小心翼翼地拿出配件，幫她布置小屋。

她抹抹眼淚，很小聲地跟我說：「謝謝妳。」

咦？我什麼都沒做啊？不是更應該謝謝可蔚嗎？

「妳是唯一一個沒有跑過來笑我的人。謝謝妳。」

說完，她轉頭呼喚：「可蔚，妳也可以過來玩嗎？」

「沒問題！讓我來看看筱榕布置的怎麼樣——欸？筱榕妳怎麼會把浴缸放在花園啦？」

可蔚戳了戳我，而後賊兮兮地笑了起來。「這樣不行喔，小朋友不可以想這些『兒童不宜』的事情！」

臉頰一下子熱辣辣的，我的臉現在一定紅到爆炸吧。

「妳才『兒童不宜』！我只是還在考慮要放哪邊，才沒有要放花園！」

「嘿嘿，妳確定？不是因為我發現妳『別有用心』才找藉口喔？」

「妳！」

鄭昕霓哈哈大笑起來。

「謝謝妳們陪我玩。」

哇哇哇，不可一世的鄭昕霓在一分鐘之內說了三次謝謝？明天恐龍會復活嗎？

「免客氣喔！」

可蔚模仿電視廣告裡面的人說台語。我快要被她可愛死了。

週五。

今天沒有留下來跟可蔚玩，匆匆說了拜拜就趕去搭公車回家了。

因為媽媽今天難得排了休假。

我猜今晚又可以去市區的麥當勞點兒童餐。

下次同樂會，我就可以帶新玩具跟可蔚交換玩。

公車靠站後，我跳下車，沿路狂奔。我跑得好喘好累，中途還差點扭到腳，好不容易到了家門口，大門卻緊閉著。

我從門縫看到家裡一盞燈都沒開。

我從書包翻出鑰匙，準備開門。不知道為什麼，我覺得自己應該要越小聲越好。

我悄悄推開門，走進客廳。媽媽竟然就坐在客廳裡。

什麼嘛，明明在家，幹嘛不開燈？

媽媽穿得非常的漂亮。那是她請人訂做的紫色套裝，布面會反射銀色和金色的光。可蔚說這叫緞面，是很特別的材質。

因為室內太過昏暗，今天這件紫色套裝沒有反射任何光線。

「媽媽？」

我叫她。

「回來啦？」

她微笑，起身。我看見她化了很漂亮的妝。眉毛，眼影，腮紅。鮮豔的紅色口紅。

「妳看，是公主城堡喔。」

她拿起一盒包裝精美的玩具。

是廣告裡面才能見到的那個公主城堡，是昕霓也買不到的公主城堡，是我做夢都沒想過我會擁有的公主城堡。

「喜歡嗎？」

「是媽媽買的嗎？」

「是妳爸爸買的喔。」

她轉身，往廚房走去。

我心底總有一種奇怪的感覺——這個玩具是我「多」得的，我根本不配擁有這個玩具。這個玩具只是暫時借給我，隨時會被沒收。

洗完澡之後，我面對著牆那邊睡了。

「筱榕？睡著了嗎？」

媽媽很小聲問我。

我其實一點都沒睡著，但是我假裝沒聽見。我假裝因為玩公主城堡玩得太累，一下就睡著了。

時間過了許久。她好像終於相信我睡了。

我感覺到她雙手慢慢地輕輕地環抱背對著她的我。

她的手有一點在發抖。

我聽到她很小很小的哭聲。

在他決定離開我們的這天，他送我一座公主城堡，我覺得非常諷刺。

那晚，我一瞬都沒能入睡，就這樣看著窗外的天空從一片墨黑色，變成了越來越蒼白的灰藍色。

我動也不敢動。就連呼吸都不太敢太大聲。

我怕媽媽失去這樣安心哭泣的時刻。

可蔚，妳知道嗎？妳的理論並不完全正確。對某些父母而言，玩具代表的不是他們對子女的愛，他們只是想要消除內心的罪惡感而已。

我得到了昕霓怎麼撒嬌都得不到的，夢幻又昂貴的公主城堡。

如果可以選擇的話，我不想要這麼貴重的玩具。

「我跟你說，你不要告訴別人——」

「我也只有跟你講喔——」

「你也要講一個交換。」

「我絕對不會講出去，因為你是我最好的朋友！」

「可蔚，妳一定知道很多秘密。」

「因為大家都想跟可蔚當朋友。大家都想跟妳說祕密。」

同學之間，總是會以「交換秘密」，作為彼此「友情」的證明。

可是，我沒辦法和可蔚交換我的「祕密」。

『三年三班吳筱榕，請到輔導室。』

廣播聲響起，我好想假裝沒聽見，但在事情變得更麻煩之前，我一定得去。

「不要有壓力喔筱榕，老師只是想知道有沒有需要幫忙的地方。」

這是升上小三後，第五次被叫到輔導室。每次都是在一天之內最難得的二十分鐘的下課時間，老師每次都準備了很多話想跟我說。

但我沒有任何話想要跟老師說。

輔導老師是位年輕氣質的大美人，新婚，左手戴著閃亮的鑽戒。

「……輔導室這邊發現，筱榕從小一到現在的活動，比如家長會、家庭訪問、運動會等等，都只有媽媽來，聯絡簿好像也沒有見過爸爸的簽名，是不是……？」

我知道輔導老師想要我開口接著說，但我只是看著地上，數著一塊一塊亮白到刺眼的磁磚。

只要我不說，老師也不能拿我怎麼樣。

只要我不說，就會沒事的。

「筱榕，媽媽一個人也很辛苦啊，妳也不希望媽媽太累對不對？所以，學校會想辦法幫助妳，也會幫助媽媽。但妳要先告訴老師家裡的狀況，好不好？」

上課鐘聲終於響了。

見我依然不打算開口，輔導老師只能無奈地點點頭，示意我先回去上課。我在門口小小喊了聲「報告完畢」，準備回教室。

輔導老師怎麼會懂呢？保護媽媽最好的方式，才不是請其他大人幫忙。保護媽媽最好的方式，就是假裝我們不需要別人的保護。

「筱榕，妳還好嗎？」

昕霓就站在輔導室走廊外。

「玩具事件」後，昕霓偶爾會找我一起走去操場上體育課，或是問我下課要不要一起去上廁所。

我知道她是特別走到這裡等我的。

這是學校最偏遠的角落，沒有任何「經過」的可能。

「我總覺得，妳好像有心事……」

她一面說，一面緊張地咬指甲。她怕我誤會她只是來講八卦的。

「講出來應該會好一點！就像我上次跟妳們講完之後，我就沒有那麼不開心了。我絕對不會跟別人講。就連我爸爸我也不會講。打勾勾。」

她伸出小指。見我遲遲沒有回應她的「勾勾」，她垂著頭，好像就快哭出來了。

我很感謝她主動伸出的手，感謝她發覺這些小小的不對勁，感謝她特地在輔導室外等了我一節下課。

「齁，妳想太多了啦，我只是太常忘記簽聯絡簿才被找來『輔導』啦！」

我模仿可蔚平時說笑的表情，雖然我模仿得很差，但昕霓總算露出鬆了一口氣的表情。

「我還以為妳不喜歡我們，所以什麼都不跟我們說。」

「嘿嘿，因為我只喜歡可蔚一個人。」

「這個妳不用說，大家都看得出來。」

昕霓終於笑了出來，我們就這樣走回教室。

對不起昕霓，很多祕密說出來並不會好一點，甚至只要一「說」出來，就會引爆一連串的問題。

✎✎✎

幼稚園的時候，我讀的是離家比較近的學校。

鄰居有人跟我讀同一間幼稚園。

「哈哈吳筱榕沒爸爸。」

「妳是狐狸精生的哈哈哈哈。」

有幾個小霸王，會在娃娃車放我下車之後，在我抵達家門之前，指著我笑。

有一天，他們不再滿足於嘲笑我，而是對我拳打腳踢起來。

我很努力不讓媽媽發現身上的瘀青，卻在玩單槓的時候被老師發現。

「可以跟老師說發生了什麼事情嗎？說出來會舒服一點的。」

委屈一下子湧了上來，我哭著說出事情原委，老師聽完很替我打抱不平，便把小霸王們的爸爸媽媽都叫來學校。

當天小霸王們在爸爸媽媽的要求下，答應不再推打、嘲笑我。

老師很溫柔地拍拍我的頭。

可是，那天之後，幼稚園的大家都變了。

老師們開始用非常同情的眼光看著我，給我很多特殊待遇。同學們大多變得過於小心，好像我是易碎的玻璃。大家不知道怎麼跟我相處，就越來越疏遠了。

有些同學，則加入了小霸王的行列。

那陣子，媽媽都哭得非常傷心，總是一面抱著我，一面說：「都是媽媽的錯。」

所以當她問我要不要我讀學區外的小學時，我馬上就答應了。

升上小學之後，我非常滿意整間學校沒有任何一個住在我們家附近的人。就算我每天都要比同學早起床一個小時左右，等公車常常會等很久也沒關係。就算我在學校一個認識的人都沒有也沒關係。

只要沒人知道我的「祕密」，我就能保護媽媽，保護我自己。

我蹲在後走廊發呆。

班上女生仍然那麼大聲地在教室內講著「祕密」。

我聽著她們圍著可蔚妳一言我一語。

我很抱歉我沒辦法像大家一樣交換「祕密」。

我相信昕霓不會說出去，我更相信可蔚。

但我太害怕了。好意總是會在我們一個不留神的時候，引爆其他的問題。

我明知道是我自己放棄用「祕密」來證明我有多麼信任可蔚。但為什麼，一個人在後走廊聽著她們吵吵鬧鬧的我，會這麼難過、這麼寂寞？

「妳一個人在這邊幹嘛？」

我抬頭一看，發現可蔚氣呼呼地瞪著我。

「妳在耍自閉喔？」

「對啊。」

她聽到我有氣無力的回答，嚇了一跳。

但她也沒有再追問什麼，只是自顧自走過來，貼著我的肩膀坐下。

不知道過了幾分鐘，我們都沒有人講話。

「喵～喵嗚～喵～」

她突然喵喵叫了幾聲。

實在太無厘頭了，我忍不住笑場。

「可蔚，妳在幹嘛啦？」

「妳也學嘛——喵嗚～喵嗚嗚～」

「我不要啦……我一定會學得很爛，會很白癡……」

「快點啦！學一下！拜託妳！」

拗不過她。我看著她期待的表情，清清喉嚨，準備。

「……喵？」這不是尷尬嗎？

「喵喵喵！喵喵！喵喵喵喵！」怎知道她興奮地緊接，像我好不容易聽懂了她的話。

「喵！」我用力叫了一聲，她假裝被我嚇到。

「呼喵～～呼喵～～」

她用頭磨了磨我的肩膀，弄得我超癢的。癢到我一直扭來扭去，想躲卻又躲不過這個比我高半顆頭的大貓咪。

「喵喵……喵！」我抗議。

「嗯，老夫已經完全聽懂妳的貓貓語了。」

她站起身，演起卡通裡常見的「功夫大師」，老氣橫秋地說：「以後要是想說什麼，但又怕被別人破解的話，就用這貓貓語和老夫說吧！」

她一手伸向我，拉我起身。

我把手伸給她。

「喵喵！」

遵命！

第二章　笨蛋，壞蛋

導師時間，班導一面發家長通知單，一面宣布重要事項，班上同學則因為黑板上的四個大字亂哄哄。

校、外、教、學。

「九族？」

「劍湖山？」

「希望不要是亞哥花園，我們家過年、兒童節、母親節、父親節等節日都會去。好膩喔。」

「小人國！我爸爸說今年是小人國！」

昕霓大聲搶話，教室內瞬間安靜了。

啊啊，這就是和家長會長女兒同班的感（痛）覺（苦）嗎？被爆雷真的會很想罵人啊。

「真不愧是風紀股長，一句話就讓全班安靜了！」

同學們笑了出來，昕霓尷尬地低著頭。

「我是不是被討厭了？」

昕霓隔空做嘴型問我。我苦笑搖頭，並做嘴型回她：「老師開玩笑而已。」

可蔚轉頭傳通知單給我時，看到我和隔著兩排走道的昕霓比劃。

「妳跟昕霓什麼時候這麼熟？」

「什麼？」

「妳不是在跟她講悄悄話嗎？」

「嗯。」

「上課不可以講悄悄話。」

「可是，我們也在講悄悄話……？」

「這是班長的命令。」

她瞬間轉過頭去，我差點被她的馬尾甩到眼睛。

什麼意思？

「……校外教學當天，請同學兩兩一組，分組行動。」班導繼續說明：「副班長那邊有表格，請大家趁下課時間找好組員，跟副班長登記。」

「可蔚……」

我小心伸出手，想要輕輕拍可蔚的肩膀。不知道為什麼，有種她好像在生我的氣的感覺。但是，我剛才有說錯什麼、做錯什麼嗎？

我還沒拍到可蔚的肩膀，她已經舉手提問，我只好將手收回。

「老師，是不是有一組要三個人？」

「謝謝可蔚提醒。因為我們班是奇數，除以二除不完。」老師很得意的樣子，好像在校外教學分組中提到除法，就能證明數學很有用。「但是不用擔心，這代表有一位非常幸運的小朋友，會和老師我一起行動。」

哇！班上又陷入一片混亂！

老師恐怕也知道最後一位會很慘，才會用「幸運」這個形容詞包裝吧。那位同學不但要在整個學期最自由的一天都跟班導師綁在一起，還會間接證明自己是班上最最最沒有朋友的人。

「可蔚～～」

「可蔚！」

「可蔚可蔚！」

在我還來不及反應前，大量的「可蔚追隨者」一擁而上，遠遠甩開本來離她最近的我。

如果這是童話故事，可蔚會是住在城堡頂端的公主，鄰國的公主們都搶著邀請她一起開下午茶派對，王子們也會排隊，只為了見幽默風趣的她一面。

我，就會是畫面中最最最角落，在池塘仰望著城堡頂端的小青蛙。

「……筱榕，那個，校外教學的分組……」

午餐時間，大家排隊裝飯的時候，可蔚故意排到後面來找我。

平時她總是大剌剌的，此刻卻扭扭捏捏支支吾吾：「妳就坐在我後面，妳一定有看到，剛才下課很多人圍住我，找我跟他們一組，我就想說……」

一臉要跟我說壞消息的表情啊！

「啊！我突然肚子好痛！先去一下洗手間！」

我丟下餐盤，躲到廁所。

可蔚真的太貼心了，分完組還一臉抱歉的樣子。其實，她大可不必感到愧疚。我平常在學校能坐在她後面就已經夠滿足了，校外教學那天無法一起行動也沒問題的。嗯嗯，我已經做好了跟班導一起玩玩旋轉木馬，逛逛紀念品店，在美食區發呆的心理準備了。畢竟，我很有經驗了，小一小二的校外教學我也是跟當時的導師一起行動啊。反正，我本來就不太喜歡那些太刺激的遊樂設施，路上也不太喜歡講話。要是跟我一組，可蔚會被悶壞的。

嗯嗯。

校外教學落單衛冕者！吳筱榕！

下午，打掃時間，我終於可以鼓起勇氣和溫苡真確認自己「落單衛冕成功」的事實。

「副班長，不好意思……那個校外教學，會跟老師一起行動的就是我……我是二十九號……」

「妳要跟老師一起走？」溫苡真打斷我。「可是妳已經分好組了耶。」

蛤？

「吳筱榕大笨蛋！」

本來在打掃窗台的可蔚，突然放下掃具，衝過來抓住我。

我們一路跑到後走廊，她才放開手。她又煩悶又無奈地抱怨。

「妳！以後！不准躲我知不知道？妳心情不好的時候躲我可以，不想要講話的時候躲我可以。我知道，妳有時候喜歡一個人——」

原來我平常要自閉，躲起來不講話的時候，可蔚都知道的嗎？她不是因為太多朋友在身邊，根本沒發現我不在嗎？原來她一直都知道我暫時需要躲起來，故意不來打擾我的嗎？

「像今天這種狀況，絕對、絕對！不可以躲我！」

「是……但像今天的狀況是指什麼『狀況』？」

她倒吸了一口氣。

我感到很抱歉，我也很想聽懂她在說什麼，但真的毫無頭緒。

「我想找妳一組啦！但每節下課都被其他同學包圍，根本沒有機會好好問妳，好不容易等到午飯的時候，想說偷偷跟妳確認一下，妳還一直跑走！妳最近又跟昕霓這麼好，我也不知道妳會不會想跟她一組。後來看到昕霓跟別人一組，我就馬上跟苡真登記了。結果，妳居然跑去說妳要一個人，這樣苡真不就知道我沒有跟妳確認了嗎？我還跟那些來問我的同學都說不好意思我已經確定要跟筱榕一組了。齁唷，我真的會被妳氣死。」

等等等，資訊量太大了。我我我，到底應該回什麼？

「吳筱榕！不要不說話啦！」

可蔚急得跺腳。原來可蔚也有這麼情緒化的時候嗎？

「所以，妳要跟我一組？」

我還是無法相信，萬人迷可蔚自己提出要跟我這個邊緣人一組。

「不願意喔？」

「當然是願意願意願意願意！」

可蔚緊皺的眉頭總算鬆開了，雖然仍瞪著圓圓的眼睛。

「超丟臉的，苡真一定覺得是我一廂情願想跟妳一組，然後妳寧願跟老師一起走都不想跟我一組。」

「我！現在就去跟副班長解釋！」

「算了啦。」她摸了摸我的捲捲頭。「先回去打掃，不然會對不起其他認真打掃的同學。」

「嗯。」

「真的不可以再躲我了知不知道？」

「喵！」

「喵什麼喵？妳這個大壞蛋！」

「壞蛋？妳剛才叫我笨蛋。」

「兩個都是啦！」

我回到自己負責打掃的區域，都快掃完時，才慢慢有了實感。

我想起科博館介紹的大姐姐說的，某些恐龍因為體型很長，牠們的大腦可能需要花很久的時間才會意識到尾巴被踩到。

雖然被可蔚罵了笨蛋和壞蛋，但我吳筱榕，今天，不但卸下了兩度衛冕校外教學落單獎的寶座，還即將和可蔚單獨相處一整天。

「哇！筱榕！妳流鼻血了！」

「怎麼會這樣？快點去保健室！」

跟我一起打掃的同學都跑了過來，很緊張地跟我說我流鼻血了。

我走到保健室，保健老師趕緊叫我休息和止血。

「老師，沒事，我滿常流鼻血的。中醫說，有時我情緒起伏太激烈的時候就會這樣。」

老師以為我受了什麼打擊，同情地看著我。

但她不知道，我只是沒有笑出聲。我臉頰的肌肉好痠好痠。我從來沒有笑得臉頰這麼痠過。

「……台中縣市，預計七點公布是否停班停課……」

不！不！這不是真的！

六點，我起床刷牙的時候，發現外面又風又雨，打開新聞一看，居然是颱風轉向登陸了！

明明都快冬天了！怎麼還會有颱風？

打電話到學校，卻一直通話中。

「筱榕？妳在幹嘛？」媽媽醒來，發現我已換好了體育服，穿上球鞋。

「搭公車去學校。」

「新聞不是說有颱風嗎？而且很有可能會宣布停班停課。」

「但是我們家離學校比較遠，要是等七點再出門，會遲到。」

平常遲到就算了，但是今天，是和可蔚校（獨）外（處）教（約）學（會）的一天；今天，必須要是最完美的一天。不能遲到，不能讓可蔚等我一分一秒。

「這個雨勢，一定會停課的啦。」媽媽拉住我。

「守時，是成熟負責任的表現。」我提著家裡最大的傘。「我要去等公車了。」

「好好好！」媽媽無奈地說：「至少讓媽媽開車載妳去好不好？」

「媽媽這樣會太累。我自己去就好，真的。」

「颱風天讓妳一個小朋友在外面等可能已經停駛的公車，鄰居會報警說媽媽虐待兒童的。」

媽媽換好衣服後，拉我上車，便慢慢往學校的方向開。

不知道是不是老天聽到我懇切的心聲，我們出發之後，雨勢就開始減弱。

到了學校，幾乎只剩毛毛雨了，我跑向教室，但越跑越不安，因為校門、操場、走廊，一個人都沒有。

到了三年級的走廊，發現警衛阿伯在掃水。

「唉唷喂！嚇死人！」阿伯大叫，可能是被我的腳步聲嚇到，但我也被他的叫聲嚇了一跳。

「妳是幾班的？」阿伯問。

「三班。」

「這麼早來學校幹嘛？小朋友不是都很喜歡放颱風假嗎？」

「但是雨已經快停了。而且今天是校外教學。」

「就算雨停了，學校也不可能讓小朋友在颱風天去校外教學嘛。妳來的路上，有看到遊覽車嗎？要是真的有校外教學，門口早就停滿遊覽車了。」

我明白他的意思，但我就是無法折返。我的雙腳像是被強力膠黏在地板上。

「唉，好吧。」阿伯幫我打開教室門，並打開教室內的電視，轉到新聞畫面，然後繼續他的工作。

我一面聽著走廊的掃水聲，一面盯著新聞。

七點整，跑馬燈跳出一行：台中縣停班停課。

阿伯小小聲地敲了敲教室後門。「要不要借妳警衛室的電話？打電話叫爸爸媽媽來接妳？」

本來應該是最完美的一天，就這樣泡湯了。

到家後，我一個人在房間，抱著本來要和可蔚一起吃的餅乾發呆。

午飯前，媽媽問我：「要不要打電話給可蔚？」

她拿出家長會時發的班級通訊錄，我找到可蔚家的號碼，撥出電話。

『喂？』

電話那邊傳來熟悉的聲音。我知道是可蔚，但我還是想確認。

「您好，請問童可蔚在家嗎？」

『筱榕？妳怎麼會打電話過來？』

「……我早上有去學校。」

『什麼？幾點去的？有沒有淋到雨？』

「我嚇到警衛伯伯了，還害我媽媽開車白跑了兩趟……我買了餅乾，有送妳最喜歡的美少女貼紙。我還跑去租了漫畫，本來想在遊覽車上面和妳一起看……」

『妳是不是感冒了？聲音好像怪怪的。』

「……好不容易，可以跟妳出去玩……結果……」

我感覺自己就快哭出來了，可蔚則有一段時間沒有說話。

「……可蔚，妳還在嗎？」

『筱榕，妳漫畫還回去了嗎？』

「還沒。」

『餅乾呢？吃掉了嗎？』

「還沒。」

『等一下吃完飯，妳告訴我妳們家在哪一站下車。』

「什麼意思？」

『雨都停了，也沒有風。氣象也說颱風對台中沒什麼影響。我爸爸說，是縣長怕被罵才放假的。我現在就去問我媽媽，妳也要先問妳媽媽可不可以喔？不然我這樣突然去打擾，很不好意思。欸，妳有沒有在聽？』

「有，我有在聽。」

『好，那我們現在去問。十分鐘後我再打給妳。』

十分鐘後，電話響起。

「喂?可蔚?」

『是我。妳有問妳媽媽了嗎?』

「有,我媽媽說可以。如果可蔚的爸爸媽媽會擔心的話,我媽媽也可以開車去載妳。」

『欸,妳又變成壞蛋了喔。妳媽媽今天已經開了兩趟車,不要再麻煩她了。我媽媽叫我先搭公車去,回家的時候她會來載我。』

「真的可以嗎?」

『外面已經出太陽了,妳不知道嗎?』

「真的嗎?」

『妳到底要問幾次「真的嗎」?快點去吃飯啦,我出發前再打給妳。』

「嗯。」

『要等我喔。喵。』

「喵。」

『喵,小笨蛋,以後颱風天要乖乖待在家裡,不要再跑出門了,太危險了。知道嗎？』

「喵。」

『喵，等一下就去妳家「校外教學」。』

可蔚要來我們家玩，和我一起吃餅乾看漫畫，度過只有我們兩個人的一天。

雖然繞了一大圈，我卻依然是最幸運的笨蛋壞蛋。

第三章 女戀人，說故事

緊急事態！

可蔚已經好幾天都沒有笑了！

不但不笑，她還整天窩在自己的位置上，皺著眉頭碎碎念。問她怎麼了，她也只是嘆氣。

我已經夠煩惱了，搗蛋王謝言智還挑撥離間。「吳筱榕，妳跟童可蔚吵架喔？不然她幹嘛整天窩著，不跟我們去打球？」

呸呸呸！烏鴉嘴！

副班長剛好經過，見我敢怒不敢言，便回嗆了一句：「謝言智你白目喔！不要亂說話啦！」

苡真！要不是我心裡已經有可蔚，妳會是我見過最霸氣的女生！

趕走謝言智後，苡真轉過頭安慰我。「不要太擔心。我覺得是因為天氣突然變冷。妳看，大家都縮在位置上。」

苡真說的有道理。最近溫差大，所有人都懶洋洋的。可蔚應該也是因為這樣才變得沒有活力？

決定了！「溫暖可蔚大作戰」！

全身寒毛豎立，牙齒也忍不住打架，但是，我要忍耐！對，要像漫畫一樣，帥帥地脫掉外套，帥帥地走到可蔚的位置旁邊，用不經意且冷淡的口氣說——

「拿去穿吧。」

我用盡全力壓低聲音，一手靠在可蔚的桌子上，一手將外套遞給她。

怎知可蔚一臉疑惑。「妳在跟我說話嗎？」

雖然可蔚的反應很讓人洩氣，但我不會輕易放棄的。

「我覺得有點熱。」我將外套披在她身上，正覺得自己表現得很不錯。

「很熱嗎？今天才十五度耶。」可蔚依然困惑，並把外套還給我。「而且，妳的外套太短了，連我的肚子都蓋不到……」

可惡，明明我只矮她半個頭左右，為什麼我們骨架大小差那麼多啦！不但無法模仿漫畫裡的霸氣壁咚，還注定只能當搞笑人物嗎？

「筱榕？妳今天怎麼這麼奇怪？」

「奇怪的是可蔚！」

「什麼？」

「妳都不笑，還一直嘆氣，連白目謝言智都發現妳不開心，重點是、重點是……」

「重點是？」

實在太害羞了，我用只有螞蟻聽得到的聲音說。

「……我……很擔心妳……」

可蔚笑了。終於笑了。她兩手夾攻過來，捏了捏我的臉。

「對不起，害妳擔心了，但我不是故意的啦，妳過來一點——」

可蔚示意要講悄悄話，我靠近她。

「妳有看上個月的美少女卡通嗎？」

「當然！自從妳說妳很喜歡之後，我每一集都沒有漏掉！」

本以為這個話題能點燃可蔚的熱情，她卻嘆了更大的一口氣。

「唉，漏掉也沒差了。我再也不想看美少女卡通了。」

「蛤？」

「妳知道嗎，卡通居然刪掉了我最喜歡的漫畫橋段！我看漫畫的時候，一直超期待卡通會怎麼演。結果，那段卻被刪掉了！我超生氣超難過的，還寫信給電視公司，結果他們回信說他們也沒辦法，那是日本製作的，台灣只是買來播放……所以，我就決定我要學日文，寫信給日本的卡通公司！」

「哇！」

「但是，日文真的好難喔……等到我可以用日文寫信的那天，美少女可能都完結篇了……」

原來可蔚會因為漫畫這麼煩惱！我都不知道可蔚是用這麼認真、這麼嚴肅的態度在喜歡美少女這部漫畫！

「可蔚，妳告訴我是哪一集！我也會努力幫忙想辦法的！」

「喵！謝謝妳！」

✎✎✎

想得到辦法才怪！

下課後我就衝到租書店，找到可蔚說的那一集漫畫，沒想到——

天王海王，居然，在，談戀愛！

之前看卡通的時候，有感覺到她們兩個人的氣氛有點微妙，但我沒想到漫畫居然這麼直接且大方地說她們在談戀愛！然後！其他角色都覺得非常自然的樣子！

女生跟女生，談戀愛。

啊啊啊啊啊啊啊！

我忘記我後來是怎麼還書的，也忘記我是怎麼回到家的，我應該有控制好自己的臉部肌肉，沒有露出什麼奇怪的表情，吧？

我一直以為美少女就是一群漂亮的女生對抗壞人的故事，沒想到，居然！有這麼「勁爆」的內容！

然後！可蔚最喜歡的就是這個橋段！

我的腦袋！轉不過來了！我的心臟！負荷不了了！

「筱榕！衛生紙！」

晚餐吃到一半，媽媽突然大叫。

認識可蔚之後，我是不是比以前更容易流鼻血了啊？

✎ ✎ ✎

「妳背完五十音了嗎？」

隔天，可蔚興奮地問我。

被漫畫震撼到無法思考，昨天晚上別說五十音，連一個音我都背不起來！

「可蔚，妳已經是我們全班第一名，如果連妳都覺得日文很難，我這個每次都考倒數前三名的就更不可能了……」

「是我太誇張了，因為卡通不好看就跑去學日文。」可蔚很失落地說。

「一點都不誇張！我也比較喜歡漫畫！」

聽到我這樣說，可蔚的眼睛又亮了起來，久違的酒窩也回來了。

「對吧？卡通刪掉真的很可惜！」

「雖然我沒辦法立刻學會日文，但我有想到一個方法……如果妳不喜歡這個方法也沒關係！就只是，我突然想到的……」

我一面說，一面留意可蔚的表情。

「什麼方法？」

可蔚更加期待了，我鼓起勇氣。

「……如果，我們自己編呢？」

「自己編？」

「來我們家做頭髮的客人，看八點檔的時候都會一直罵——男配角很壞，女配角也很壞，再不然就是罵劇情重複，一直在拖戲。每次聽到客人罵電視，我就會自己亂想——如果是我，我會編這裡演快一點；如果是我，我會讓壞人更晚出現，甚至是，女主角以為的大好人，才是最後的大壞人……」

說著說著，我突然有點心虛，但可蔚卻非常捧場，非常認真地聽我說。

「然後呢然後呢？」

「……如果是我，我會編——天王海王在卡通裡面看起來沒什麼，是因為她們要『偽裝』，其實她們私底下還是有在一起，約會什麼的……」

「嗯嗯，原來如此，那她們為什麼要假裝？」

「……因為，不知道壞人埋伏在哪裡？或是怕壞人發現她們的關係，利用這件事情來威脅她們？」

「那妳覺得，她們私底下約會的時候，會去看電影還是去逛街？」

「應該是看電影吧？逛街的話，路上太多人走來走去了，會很吵，兩個人很難好好說話。」

「她們會看什麼樣的電影？」

「她們會選很有氣質的……可能是黑白的，星期天會重播的那種老電影……」

「喔！我知道了！」可蔚興奮地拿出筆記本，在上面畫畫。「電影院……黑白的老電影……兩個人很少說話，但是很開心地牽著手……」

可蔚一面說，一面畫下她心目中的兩人。我被她的畫畫的速度和精緻程度嚇到了。

「可蔚，雖然我一直都知道妳很會畫畫，但是，妳也畫得太漂亮了吧？而且畫得好快……」

我正想仔細欣賞她的畫技時，她卻用食指戳了戳我的肩膀。

「我等一下畫好再給妳看。妳先繼續說，她們看完電影之後會去哪裡？還有，如果真的遇到壞人埋伏的時候，她們要怎麼辦？」

好吧，畫可以等一下再欣賞，逗她笑這件事情才是最重要的。

「最先發現壞人的是天王，但是她不希望海王擔心，就假裝說要去上廁所，實際上是去跟壞人對決——」

我一面說，可蔚一面畫。接著幾天，每到下課我們就會跑到後走廊，分享著只存在於我們兩人腦海中的故事。我繼續說，她又繼續畫。畫著畫著，她會笑著問我更多後續。我發現只是描述故事不夠，就開始加入不同的聲音高低，還有音效，有時候「碰」的一聲，「嘩」的一聲。聲響也不足夠之後，就加入動作，用手和腳，還有身體跟表情。動作也不足夠之後，就要更多的變化、轉折、節奏、停頓……

突然，六班老師走過來打斷了我們。

「吳筱榕？」老師盯著我制服上繡著的名字和學號，問：「妳是三班的嗎？」

「是……」

為什麼六班的老師要特地走來我們班？是不是我們太大聲了？但下課時間應該沒關係吧？

「妳，要不要代表學校參加比賽？」

「我！」

比賽？我這個邊緣人？

「說故事比賽。我是負責訓練三年級的老師。」老師解釋：「這幾天妳都在這邊說故事對吧。老師觀察妳一陣子了。遠遠就看見妳眉飛色舞又手舞足蹈，感覺妳很有潛力。」

「我……不……」

我還沒想到要怎麼婉拒，可蔚卻已經衝上前，笑著跟老師打包票。

「老師！請一定要推薦筱榕！」

可蔚！不要那麼爽快地推薦我做不可能的任務啊！

✎✎✎

「試試看嘛～～喵～～」

被六班老師攔截之後，可蔚一直拖著我去交報名表。

「我不可能的啦！」

「要有信心！喵！」

「我不像可蔚妳那麼會說話，我連上台都不敢……老師應該要找妳這種活潑又聰明的同學才對……」

「才不是！喵！」

「怎麼想都覺得我不適合啊……」

「妳編的故事都超好的。要是只有我一個人知道，就太可惜了。」

她直直地看著我。

可蔚難道像漫畫的魔女一樣，會魅惑術或催眠術嗎？

等我回過神來，居然已經交出報名表了！

校內初選分成兩回合，第一回合會選出三名優秀的同學，第二回合取最高分的一位，代表學校參加區賽。

為了讓每位參賽的同學，更熟悉比賽形式，學校提供了兩道模擬題給大家。題目是一張大大的圖畫紙分成四格，每格有一些人物、動作、情境。其實有點像漫畫。比賽的考驗就是，如何在時限內，將一格格的圖畫「說」成一個動聽的故事。

模擬題我都想好要怎麼講了，可蔚聽完也覺得很有趣。但我總覺得自己不夠「斤兩」，總覺得自己會漏氣。也好，落選就結束了。我本來就不適合做這種出鋒頭的事情。

「1號吳筱榕同學，1號吳筱榕同學。」

午休前，我一個人在操場晒冬陽發呆，怎知可蔚突然冒出來，還模仿起比賽公告廣播。「請抽選題目。」

她從背後拿出一本八開的畫冊。

我一時間還搞不清楚她想要表達什麼，只是傻傻地看著她。

「唉唷，妳隨便翻一頁啦！」她大叫。

「嗯？」

「快點啦！」

我打開畫冊其中一頁，發現是蠟筆畫的漫畫。

我呆了幾秒。

往前翻又往後翻，發現整本畫冊都是手繪漫畫，每一頁有不同的人物、主題、情境。

「這些……都是可蔚妳畫的嗎？」

「喵！」

「妳什麼時候畫的？畫這麼多不會太累嗎？這麼多頁，這麼多主題……」

「畢竟是我大力推薦妳參加比賽的嘛。嘿嘿。」

我抱著畫冊，感覺自己快哭出來了。

但這個想哭，只有一半是感動，另一半是無奈。

這樣，我就沒辦法抱著「隨便比一比」的心態比賽了。

不得名怎麼對得起這本畫冊啊！

人果真潛力無窮，就看有沒有誘因。

第一回合我是擦邊入選的，第二回合我完全卯起來了。因為，可蔚特地畫了那麼多題目給我參考，我不能漏氣！

在可蔚畫冊的加持之下，我順利拿到了校內第一名。

家裡收到代表學校比賽通知單的那天，媽媽超興奮的，立刻訂了一套有一百本的兒童故事書，還買了一大堆字典。

從那天開始，我每天都在看故事、想故事、寫故事、說故事。

我不能再用可蔚畫的漫畫練習，而是用老師選購的模擬題庫練習。雖然是設計給小朋友的比賽，但評審是大人，終究是要服務大人的審美。既要超乎大人的想像，但又不能太跳脫大人的想像。

例如，可蔚畫中的美少女發現壞人偷窺、偷拍自己後，一度因為太過害怕而退出正義的陣營，甚至不得不背叛自己的戰友。

像這樣的題目，就絕對不可能出現在比賽裡面。

準備區賽的每一天，一次最少要練習兩個題目，每個題目至少要說出三到四個版本，有的時候是要越講越好，彌補前一版的不足，有的時候只是要練習在固定的模板中說出「新花樣」。

題目總是那麼相似，我覺得我再也想不到「新」的解法。但老師告訴我，為了要練習穩定度，這些過程都是必須的。

距離比賽越近，我越沒有自信。我不知道我為什麼要說這些故事，也不知道我到底要說給誰聽。我只能反覆在筆記本上記下一些自己都很懷疑的「重點」——成語的定義，修飾語出現的時機，強弱，大小聲，音調……

這樣下去真的好嗎？

還沒能想到什麼辦法，最寶貴的衝刺時段就這樣過去了。

比賽當日，老師幫我請了一整日的公假，升旗完就出發去比賽會場。

那天天氣非常陰，雨要下不下的，就像天上的雨滴也跟我一樣卡關，一樣自我懷疑。

校長匆匆喊話兩聲：「我們幫今天要參加比賽的同學加加油！」又匆匆下台了。

拍手聲零零落落，大家都趕著回教室。

我感覺眼前灰茫茫的，腦袋裡也是一團霧。

第一節課的鐘聲響起。老師要我在後門等她開車過來。

我的腸胃扭成一團，但並不是想吐或是想拉肚子的感覺。我只好用雙手用力按壓肚子，彷彿這樣就能安撫我的內臟們。

老師的車來了，閃了兩下車燈，我正準備打開車門時。

「筱榕！」

可蔚？她怎麼會跑來後門這裡？

「太好了，妳還沒出發……我只有十分鐘，等一下還要跑回去……好喘……我第一次上課上到一半跑出來……我跟老師說我一定要見到妳，在妳……比賽之前……」

她牽起我的手，然後，緊緊地將我的雙手包覆在她的雙手中。

不知道是不是因為她跑得太急了，她的手濕濕涼涼的，掌心都是汗。所以，雖然她的動作就好像為我取暖那樣，她的手卻比我還冷。

「想像我就坐在台下，在第一排，坐在評審的旁邊——不是，忘記評審老師，忘記其他學校的人——想像台下只有我，就只有我一個人，像平常一樣，像妳每天在後走廊跟我說天王海王的故事。」

我的眼睛熱熱的，但並不是因為難過傷心。而是因為可蔚。

我的胃瞬間不翻攪了。

我回握她的手，讓她知道我已經沒事了。

我們有幾分鐘沒有說話，直到老師提醒我該出發了。

開往比賽會場的路上，我的手上還留著可蔚緊緊握著我的觸感。

在此之前，我覺得「信心」是一個很抽象的名詞。

而此刻，我明確感覺到了，信心。

不管比賽的結果如何，回來之後，我都要跟可蔚再說一次我抽到的題目，再說一次我想到的故事。

我還有好多好多的故事想要說給她聽！

第四章 漫畫，接吻

上課鐘都響了，同學們卻還是吵吵鬧鬧的。

「同學，請保持安靜，拿出寒假作業……」

可蔚的光芒第一次被「無效化」。寒假剛結束，大家都還沒收心。

突然，一名高大壯碩的男子走進我們班，聲音充滿穿透力。

「三年三班！起立！」

全班迅速起身，並陷入一片安靜。

「你們知道我是誰嗎？」男子問。

男子似乎近視很深，本來細長的眼睛在厚厚的鏡片底下看起來更細了。漫畫裡，瞇瞇眼角色都是能力爆表的怪物。因為這過於強烈的印象，更沒人敢接話了。

「我想起來了！我爸爸有說過——」

昕霓大叫後又迅速地壓低聲音，可見她有多麼畏懼男子的氣勢。她小心地問：

「……新班導？」

男子開朗大笑。

「沒錯！張老師她候補到老家那邊的教職，所以由我來接手三班的導師！我姓楊，大家可以叫我小楊老師！」

「小」？老師您這體格？認真？

大家還搞不清楚怎麼反應，新班導就逼近講台旁的可蔚。

「嗯，leader的面相……妳就是班長吧？請教一下，你們導師時間會做什麼？」

連人氣王可蔚都動搖了，斟酌著怎麼與新導師互動。她一向平穩的聲線出現了不尋常的岔音：「……寫練習卷，背英文單字……」

班導皺起深深的眉頭，可蔚往後縮了一小步。天啊老師你可以收一點氣場起來嗎？我都快忍不住衝上去保護可蔚了！

「從今以後，不准大家再考試背單字了！現在，我們來聊天～～」

蛤？

「來，盡量聊，剛才我進來之前你們也在聊天不是嗎？整個寒假沒見，一定有很多想要跟同學分享的吧！」

瞇瞇眼老師就這樣盯著我們，臉上彷彿寫著「聊啊盡量聊」幾個大字。

奇怪的是，一開始本來很有壓迫感的，但聊著聊著，大家慢慢習慣了老師火熱的視線……

可蔚悄聲對我說：「小楊老師真的……好奇妙……」

隔天，美術課，小楊老師又投下另一顆震撼彈。

老師拿出一大袋文具用品，除了畫紙畫筆，還有紙黏土、棉線、鐵絲，甚至有昕霓超愛的串珠亮片……

老師這是把整間文具行都搬來教室了嗎？

「今天，大家做什麼，畫什麼都可以！」老師一面解釋，一面故意繞到調皮的謝言智旁邊。「可以摺紙飛機！可以寫紙條！可以撕碎！唯一的限制就是——不能畫在普通的圖畫紙上面！」

什麼意思？

老師舉起一張普通的八開畫紙。「假如，你想要畫公園，就盡量不要這樣平平地畫在圖畫紙上，而是——」他將畫紙折了幾條線，然後用粉筆在上面比劃，突然，從某個角度就能看到一座立體的小公園。

雖然昨天就知道小楊老師很酷了，但，這也，太酷了吧！

大家都像第一次發現美術課的樂趣，搶著問。

「做機器人也可以嗎？」

「做洋娃娃的衣服也可以嗎？」

「可以！都可以！」

小楊老師一回答，眾人的歡樂程度直逼同樂會！

可蔚回頭抓住我的手，悄聲問：「筱榕，妳覺得，老師說的『什麼都可以畫』

也包含漫畫嗎？」

可蔚的眼神在發光，手卻微微顫抖。

我明白可蔚為什麼這麼期待又害怕被拒絕。她是最無可挑剔的模範生，但很少有人認可她最喜歡的卡通和漫畫。在多數大人的刻板印象中，卡通和漫畫不過是「小孩子氣」的東西，甚至會影響課業表現。之前還聽說學長姐私下畫的漫畫被訓導主任整本丟到垃圾桶裡。所以，可蔚除了之前幫我畫過說故事比賽的題目之外，就沒有再帶她畫的漫畫來學校了。

之前可蔚給我那麼多勇氣，現在，就是我鼓勵她的時候了。

「可蔚，我陪妳一起去問。」

可蔚牽著我的手，一起走到老師旁邊。

「老師，真的什麼都可以畫嗎？」可蔚問。

老師用力點頭。「沒錯！妳們有什麼特別想畫的東西嗎？」

「漫畫……也可以嗎？」可蔚的頭漸漸低了下去。我稍稍握緊她的手。

老師思考了一陣，突然一面碎念，一面在塑膠袋內翻找著。

「漫畫啊……漫畫……」老師拿出非常大的釘書機，各種材質的紙，笑著說抱歉：「真不好意思，老師準備的工具還是不夠多。不知道這些能不能裝訂成妳們心目中的漫畫？」

可蔚開心到快要跳起來了。「可以！我之前在家裡就有試過！」

「太好了！快去畫妳們最想畫的東西吧！」

我們選好工具便回到座位。不知道我有沒有看錯，可蔚的眼角亮亮的，是不是所謂的喜極而泣？而看到她這麼快樂，我感覺自己眼睛也濕濕的。

「我們來畫漫畫吧！喵！」我對可蔚說。

「喵！」她回我一聲，然後笑得好燦爛，連右臉都笑出了酒窩。

可蔚一下就裝訂好，開始畫格子打草稿。她向我解釋，這叫做「分鏡」。光看可蔚畫「分鏡」的速度，就知道她有多麼熟練。她在家一定練習超級多次了吧。想到她練習了這麼久，卻是第一次光明正大地創作，就覺得很扼腕啊！

沒錯，可蔚畫的漫畫那麼漂亮，根本不需要躲躲藏藏。她的畫本來就應該大大方方分享給同學和老師，甚至貼出來展示。她的漫畫不只是「嗜好」或「娛樂」。

她的漫畫就是優秀的她的一部分啊。

下課鐘響。

咦？我該不會光顧著讚嘆可蔚，忘了自己的進度了吧？

✎✎✎

到了和可蔚交換看漫畫的那天。昕霓和苡真，還有一群「可蔚追隨者」全都圍了過來。

救命！這就是小X館與小學生的差別嗎？

真的是太丟臉了！我當初哪來的自信！怎麼會敢跟可蔚一起畫畫？專心當讀者不好嗎？

昕霓笑到脖子都紅了（欸！真的很不給面子耶！），苡真尷尬打圓場。「筱榕很認真耶，一口氣就畫了四冊……」

為了保護同學的眼睛，我還是不要再畫漫畫好了……

我準備回收我那慘不忍睹的漫畫，卻發現四本都在可蔚那邊，而她看得比誰都認真。

「筱榕！妳到底怎麼想到這麼多故事的？我看完也冒出好多靈感喔！」可蔚抱著我那歪歪扭扭的漫畫，雀躍地和我說。

我想起說故事比賽結束那天，我拎著薄薄的，印著「優勝」的獎狀回學校。說是優勝，其實就是安慰獎吧。明明可蔚一直鼓勵我，還特地跑到後門幫我加油，我卻沒有得名……

「可是我超喜歡的耶。」可蔚聽完那個故事，卻這樣跟我說。她一面比劃手指，一面碎念：「光是校內預賽練習，妳就跟我講了二十幾個故事……改編美少女的故事也有十幾個——哇！妳最少跟我說過四十個故事了耶！」

「預賽練習那些不算啦，那些是妳畫的圖，我只是順著講而已……」

「為什麼不算？就是我們一起想到的故事啊。也有很多是妳先想到劇情，我再畫出來的，不就是我們一起構想的故事了嗎？還是妳嫌棄跟我一起想到的故事？」

「怎麼可能？」

「那就對了嘛。」她謹慎地舉起獎狀，遞給我。「我，身為吳筱榕的搭檔，以及最忠實的讀者，在此頒發——最佳進步獎！今天是我聽過妳講得最好的一次！」

仍舊是那張薄薄的獎狀，但重量卻完全不同了。

「……筱榕！筱榕！」可蔚叫我。我從記憶中回到現實。

她一手拿著自己的漫畫，一手拿著我的漫畫，兩頰紅紅的真的好像蘋果。「謝謝妳，陪我一起畫漫畫。」

看來，我這彷彿被狗啃過的漫畫，還是有一點點作用的。

只好繼續畫下去了。

漫畫大學問！

裝訂，可蔚是用Ａ４紙，裁成市面上最常見的漫畫大小後，用釘書機從正中間的折線釘下去，仿造線裝的感覺。每十小張釘成一小薄本，再將數小本從最外側黏在一起，以卡紙包成一冊。封面用色鉛筆畫人物，背景則是淡雅的水彩，側邊還有手寫的標題，看起來真的很像架上的漫畫！而我，居然傻傻用厚厚的圖畫紙，邊緣也剪得不漂亮，呆呆地釘在左邊一整排，翻頁到一半就卡到不行。

描邊，起初可蔚是用非常細的黑色原子筆描邊，但她說原子筆墨水有時不均勻，線條會卡卡的，就改用鋼筆了（鋼筆！整個散發成熟大人的從容感！尤其是可蔚換墨水的時候！真的好想拍下來！）。我憑感覺用了簽字筆描線，結果筆頭太粗又超難控制，還印到畫紙的背面。

還有背景、塗黑、網點……光聽都覺得超級高深的名詞！

但這些都不是我們差距最大的地方。最慘不忍睹的果然還是……

畫技！

看著可蔚筆下一個個美少女美少年，襯著背景的玫瑰、百合、雛菊，我畫出來的人物卻像被雷打到後沉入海底一路隨著洋流漂浮最後擱淺在海邊奄奄一息。

別說跟可蔚交換看，就連承認我畫的這些東西叫做「漫畫」的勇氣都沒有啊！

「筱榕，功課有這麼難嗎？寫沒兩筆就擦掉，還發出像便祕一樣的聲音。」

從沒見過我花這麼多時間耗在書桌前的媽媽，忍不住跑進書房問我。

「什麼便祕？我這是！尋找靈感！」

「那是……腦袋便祕？」

媽媽不顧我的白眼，一面說笑一面拿起快要被我擦破的漫畫。

死定了！可蔚明明提醒過我，畫漫畫這件事還是不要讓大人知道比較好。尤其像我這種萬年吊車尾的，更容易被誤會是動漫這些東西影響了課業。

腦袋小劇場開始上演最壞的狀況，媽媽沒收漫畫，大罵我一頓，從此禁止我租漫畫也不讓我看卡通，甚至不讓我跟可蔚交朋友。

我該怎麼解釋比較好？

我心裡的小宇宙還在爆炸，怎知媽媽不但沒有生氣，還大笑出聲：「妳『便祕』的原因就是這個嗎？」

媽媽幫我穿上外套，載我到市區的書店。她問了店員幾句話，店員帶我們走到一座大書櫃前。

香香的店員大姐姐抽出書櫃中層的一本給我。「這本很適合小三、小四喔。裡面有人物、動物、植物，還有簡單的構圖原理。」

我翻閱那本畫冊，比我的手殘畫高明，卻也沒有可蔚畫的那麼複雜。果然不是我畫得太爛，是可蔚太強了啊（大哭）。

我點頭示意想要這本。結帳後，我問媽媽為什麼沒有反對我畫漫畫。

「妳是想跟可蔚一起畫畫吧？妳之前有說啊，比賽的時候，可蔚畫了很多漫畫陪妳練習。媽媽都記得喔。」

到家，媽媽拿出撕下來的日曆們還有一疊廣告紙，放到我的書桌上。

「多多練習，讓可蔚對妳刮目相看吧！」

我用力抱住媽媽，表達我的感謝。

「勒到我的肥肉了啦……」媽媽笑，我也笑了。

我好開心喔可蔚。因為說故事，因為漫畫，總是眉頭深鎖的媽媽越來越常被我逗笑了。

遊戲中，得到祕笈或道具後，能力提升程度會以明確的數字呈現。比如，武力加二十、智慧加五十等等。

但現實人生的能力值並不是這樣計算的。

臨摹畫冊將近一個月了，苡真依然不知道我背景畫的是花是雲，昕霓仍舊只會抱著肚子大笑。

「我能明白筱榕妳的心情。」苡真苦笑著說：「就像我在安親班一直算數學，但不會還是不會……」

昕霓指著結局那一格吐槽：「妳這格本來是要畫什麼啦？兩個人的側臉？還是一個人分裂成兩半？」

苡真又忙著打圓場。「筱榕別灰心，其實從這個角度看，有點像我媽媽之前帶我去看的畢卡索。」

苡真妳的好意我心領了，但搬出那種等級的大師幫我護航，反而更諷刺了啊！

「妳該不會是想表達男女主角『接吻』了吧？哈哈哈哈！笑得我肚子好痛！」

昕霓！要不是妳曾經在輔導室外等了我整節下課，我真的會被妳氣暈！

可蔚盯著那本該唯美卻慘烈的結尾畫面，歪頭思考了許久後，突然問我。

「喵，妳知道其實只要改一個小小的地方就好了嗎？」

「喵？」

「這裡。」可蔚拿出鉛筆，輕輕地在女主角的下唇處另外勾了一條虛線出來，並解釋：「不能上唇下唇都往前畫，因為不是在同一個平面，要想像有一點點傾斜的角度。」

「什麼平面什麼傾斜？可蔚妳講那些太深奧了，筱榕這個畫畫幼幼班聽不懂啦！」昕霓又在那邊胡鬧。

我正想轉側身跟昕霓抗議，可蔚卻突然非常非常靠近我的臉，她的瀏海微微拂過我的額頭，她的鼻尖輕輕抵著我的鼻翼右側，她的呼吸略略滑過我的嘴唇。

我像石化一般定在原地動也不敢動，連眼睛都不敢眨，因為她的睫毛抵著我的睫毛。

「就像這樣。兩個人的臉不在同一條的直線上。會有一點點角度。」

可蔚說完後，又回到我的漫畫上。苡真讚嘆，彷彿剛才只是自然課實驗一般，充滿學術精神地問可蔚：「所以可蔚畫的這麼好，都是看著真人或照片嗎？像剛才那樣模擬？」

「沒有啦。我也是模仿其他人的畫。」可蔚的笑容居然看起來有一點苦。「這也不是我原創的。」

果然是厲害的人才有的煩惱，跟我根本不同等級嘛。原創啊，模仿啊，之類的。

忽然間，不知道為什麼所有人的動作都看起來變慢了。昕霓抱著一大包衛生紙跑過來，苡真從另一側扶著我。可蔚輕輕捧著我的臉頰（為什麼又這麼靠近我？我已經明白接吻畫面的原理了！不用再「示範」給我看了啦！），我順著她手指的力道微微低下頭，然後我們盯著教室白白淨淨的地板，許久都沒人說話。

「哇！妳這次居然沒有流鼻血！」昕霓不敢置信，卻也不忘挖苦。

「看到妳臉色這麼蒼白，我們還以為妳又不舒服了呢！」苡真要我坐下休息。

可蔚輕拍我的背，嘆氣：「喵，妳真的要好好增強免疫力。」

說到免疫力，可蔚一定不知道，她這突如其來的示範，雖然沒能幫我提升畫技，但一瞬間就點滿我的防禦力了。這種程度的「攻擊」我都撐過去了，想必以後也不會再輕易流鼻血了。

過了很多年，那條由可蔚勾出來的鉛筆虛線，早就褪色到快要看不見了。又因為她的筆觸本來就很輕柔，畫紙上幾乎一點印子都沒有。

但這條脆弱的虛線，卻是我手上僅存的，她曾經留下的痕跡。

第五章　影子，冒牌貨

「可蔚！」

在走廊巧遇小楊老師，他燦笑大叫可蔚的名字，但我左望右望都沒看見她。

我正疑惑，老師忽然用力拍了自己額頭一下。「哎呀對不起，老師忽然搞混了。妳是筱榕才對。哈哈哈，妳們長得太像了！」

長得太像了？我？和可蔚？一個天一個地，資優生與吊車尾，人氣王與邊緣人？就算是近視九百多度的小楊老師也不該搞混吧？

老師抱著厚厚一疊聯絡簿和考卷，我幫忙接過了一些。看來老師是改考卷改得太累了，才會一時眼花吧。

回到教室後，老師發下第三次段考考卷，以前所未有的沉痛語氣說：「老師這幾天改同學們的考卷，改得非常痛苦……」

同學們各個捏緊考卷，不敢說話。

「大家的表現，真的太讓我失望了！」老師越說越激動，眼神越來越兇狠。

「我們班，居然，刷新全校平均分數的最高分的記錄！還出現三年級唯一的五百分滿分！」

咦？

一般不是成績太低才會被班導念嗎？

眾人不敢相信自己的耳朵，到底是小楊老師口誤還是？

「小朋友們！太認真背書真的不好啊！導師時間已經不讓你們小考了，也不准你們背單字，為什麼還會刷新平均？為什麼還會考出全科滿分？你們知道其他班導師跑來恭喜我說『太好了你們班出現了全年級唯一的滿分』，老師有多心痛嗎？」

雖然聽起來莫名其妙，但半個學期相處下來，大家也漸漸習慣了小楊老師不按牌理出牌的個性。

比起老師奇妙的邏輯，大家更好奇獎落誰家。

眾人看向可蔚。

「超強的可蔚！」

「可蔚可蔚～～恭喜妳！」

只有我不敢抬頭。

「來！拿走這張全科滿分獎狀吧！筱榕！」

老師大聲呼喚我的名字，全班瞬間安靜了下來。

收到成績的當下我還不以為意，考試寫起來滿順的，還以為是出題老師「放水」。但當小楊老師強調全年級只有一人滿分的時候，我開始覺得不對勁。

我輕手輕腳地走到講台前。受罰的感覺多過於領賞的感覺，被否定的感覺大過於被肯定的感覺。同學們的視線雖然沒有敵意，卻讓我覺得非常彆扭。我知道大家有多意外，我自己的訝異程度並不亞於他們。為什麼是我？如果真的要有一個人超過可蔚，應該是細水長流的苡真，又或是衝刺型的昕霓。到底，為什麼，是長年吊車尾的我？

拿完獎狀走回位置時，經過了可蔚。我完全不敢看可蔚的表情，因為我覺得這張獎狀並不屬於我，是我不小心偷走了原本屬於她的東西。

下課，苡真昕霓跑來問我怎麼突然進步這麼多，我也不知道怎麼回答。我真的只是每天照著老師說的寫作業和訂正考卷，遇到不會的地方就請教可蔚。

「反正考完了，要準備放暑假啦！」

昕霓伸了伸懶腰後，戳了戳我。「欸，考完妳就有時間畫新的漫畫了吧？」

「妳不是一天到晚嫌棄筱榕的漫畫嗎？」苡真反問。

昕霓嘟嘴。「雖然是畫得很歪，但不知道耶，就會很想一直看下去——欸！我想到了啦！妳負責想故事，可蔚畫畫！這不就完美了嗎！」

「我……不可能啦。」

「為什麼不可能？妳之前準備比賽的時候，還不是可蔚畫畫，妳想故事？」她追問。

我想起說故事比賽那本來只是安慰獎，因可蔚才獲得另一重意義的獎狀。我壓緊翻攪的胃，胃酸弄得我說出來每一個字都好酸好苦。「那時候都是靠可蔚幫我，我自己一個人才想不到那些故事……」

昕霓不懂。可蔚又會畫畫又會想故事，她根本就不需要我啊。就像這次段考，那些題目我本來也不會，都是可蔚教我的。

對，說故事、畫畫、讀書、交朋友這些……都是可蔚告訴我，影響了我，我才開始的。

這些都是可蔚的，不是我的。

明明我只是可蔚的影子，而且是仿冒得不好的影子。

而身為影子的我，居然偷走了原本專屬於她的光芒。

但為什麼，當昕霓說她喜歡我的故事的時候，我心底第一個念頭居然是「我贏了」，下一秒才被「我不行」覆蓋？

為什麼？既傲慢又自卑，既自責又優越？

原來我除了羨慕可蔚之外，還嫉妒她嗎？嫉妒也罷了，我還因為考試贏她而驕傲嗎？有同學喜歡我的故事更勝於她的故事，我還因此沾沾自喜嗎？

我是想超越她，把她踩在腳底下的嗎？

也許是我的心理作用。明明今天我一整天都沒有躲可蔚，也不像以前那樣動不動就要自閉了。我就在這裡啊，昕霓苡真也在，其他同學都在，為什麼就是看不見可蔚？

是可蔚在躲我嗎？

「可蔚被校長找去布置結業式耶！」

「筱榕妳怎麼沒有去？」

「妳們不是每天都黏在一起嗎？」

同學們在我的旁邊說話，但我卻覺得聲音像從很遠很遠的地方傳來，夾雜著非常尖銳，像麥克風與喇叭太靠近時會出現的刺耳聲。

我也不知道可蔚為什麼沒有找我一起去。可能是因為我的畫功真的太差，去了也幫不上忙。也可能這次是由校長親自指定人選，不是可蔚能決定的。

理性都知道，但我總是控制不住，往最壞的地方想。

可蔚，討厭我了嗎？

結業典禮那天，各年級的全班前三名，都被叫到禮堂前方拍照。

這就是可蔚這幾天忙著布置的裝飾吧，很有可蔚的風格。是我最熟悉的畫風和構圖，甜美又輕柔，卻讓我的心情無比沉重。

「來！同學看這邊！數到三笑一個喔！」主任拿出一台非常高檔的相機，說是要幫我們留下最好看的照片。

排隊的時候，是照身高排，所以跟可蔚錯開了。

我重新意識到，小三開學那天有多麼神奇。我跟可蔚的身高明明差這麼多，她當時卻那麼剛好，選了我前方的位置。

如果當時她選了另一排，我就不可能會在那個秋日碰到她的馬尾；如果她不曾回過頭來跟我說話，我們也不可能成為朋友；如果她沒有一次次向我伸出手，我依舊是那個每天都躲在後走廊，孤立又憂鬱的問題學生。

我明明是為了更靠近她，才那麼努力的。但一個不小心太過靠近，我們卻疏遠了嗎？

「全年級滿分，妳站這裡。」主任挪動我的位置，還遞給我一束非常大的假花。那束花假到散發一股塑膠味，還沾了我滿手亮粉。

「一、二、三！」

隨著主任的口號，大家笑出聲。

✎✎✎

那是我和可蔚最接近「冷戰」的一次。

因為缺乏引爆點，因為沒有具體的開端、確切的事由，所以那時的我們都不知道如何收拾、如何結束。

而那張因為學校的虛榮心才拍的資優生照片，居然是我和可蔚唯一一張合照。居然有這麼巧合的事情嗎？我們一天到晚出去玩，學校也常常辦活動，我們有數十張和其他同學師長的照片，卻沒有任何一張是她和我在最燦爛最快樂的時光留下的？

或許名為「命運」那雙看不見的手，故意讓我們錯過了快門。

那唯一的合照中，我們離得很遠，臉上都沒有笑。

完全沒能化解彼此心中的誤會，就迷迷糊糊地迎來了暑假。

雖然叫做暑假，我們還是經常去學校參加暑期活動。

我在最後一刻更改了志願順序，跑去上時間與畫畫課完全衝突的游泳課。

游泳池有一股很重的味道，教練說是因為氯的關係。

跳下水的時候，地面上其他人說話的聲音會瞬間遠去，讓我覺得很安心。

游完手指總是皺皺的。心情好像也是這樣，浸泡太久都沒能舒張的話，就會出現蒼白的皺褶。

「妳今天又不留下來？」

昕霓拉住一上完游泳課就準備回家的我。

「怎樣？不屑跟我們玩？」

「只是不喜歡游泳池的吹風機啦，想要回家好好洗頭吹乾。」

我避開視線，用說笑般的語氣隱藏我心底的彆扭。

昕霓一向不會輕易放棄。「那我們去妳家玩。」

不行！我家只有可蔚可以來！那段回憶不能被任何取代！絕對！

雖然差點就這樣衝口而出，但我只是回答：「我媽媽做生意很忙，我也常常要幫忙她，沒空招呼大家，這樣不好意思啦。」

「這樣也不要那樣也不要。隨便妳啦，哼。」昕霓轉身要走，走之前還不忘酸一句：「游泳了不起喔，突然就長得比我高了。」

餘光瞥見廁所半身鏡映照著的我，真的比昕霓高了那麼一點點，雖然還沒追上可蔚。因為制服很白，材質也有點透，可以看見昕霓底下穿著跟可蔚一樣的成長型內衣。我還沒有發育到那邊，只是每天都覺得關節很痠很痛，覺得長高很麻煩。

我也不想長那麼快。

因為，沒有影子會長得比本體高的吧。

一週後的某天，游泳課提早結束，我沒怎麼擦乾頭髮就跑出來，站在轉角的樹蔭下。

上週，我發現這裡能偷看到畫畫課教室，又不會被裡面的人看見，就這樣遠遠看著可蔚好幾天。

她一面畫畫，一面和同學們有說有笑。我既慶幸又鬱悶。慶幸是我不在好像對她沒有任何影響，鬱悶也是因為我不在好像對她沒有任何影響。

我明明以她的影子自居，卻這麼在意這種事。

真是可笑啊我。

但今天，她卻不在位置上。

去廁所？還是請假？難道是生病了？還是家裡出了什麼狀況？

我心急如焚，正想去警衛室借電話打給她。

「筱榕。」

背後傳來我很久沒聽見但又那麼熟悉的中音。

腦中閃現無數種應對的方法和表情。要不要解釋為什麼最近都沒找她？要不要向她傾訴這一個多月來纏繞著我的負面情緒？

然而最後，我只是很普通地回過頭去。

「可蔚！妳不是在上畫畫課嗎？怎麼在這裡？」

我盡最大的努力笑出來。明明今天游泳時嗆了那麼多水，喉嚨卻好乾，每一個字都像被魚刺哽住一般。

「我出來洗水彩筆。」

沉默了很久之後，下課鐘聲都響了。

「畫畫課好玩嗎？」我依然只能乾笑。

「嗯。」

低頭看見地上的水痕早已半乾，我的頭髮也不再滴水了。

我們已經呆站了那麼久嗎？

她別開頭，非常失望的樣子。我不敢問她失望的原因。

她咬緊看起來有點蒼白的嘴唇，緩慢地說：「妳有空還是可以打給我。」

什麼意思？什麼叫做「還是」？所以她也覺得我們之間有什麼變了嗎？不能再回到從前了嗎？所以用了「還是」，這彷彿一切都不一樣了的「還是」？

「可蔚，我……我一直……」

說啊。說出來啊。說清楚。說妳一直在苦惱。說妳只是一時不知道怎麼處理這種狀況。說小心眼的是妳而不是她。說妳很想念她，整個暑假都非常想念她。說啊。

「不好意思，老師好像要關教室了，我要快點回去收書包才行。」

她截斷我沒能完成的句尾，並快步走過我。我看到她眼角紅紅的。

第六章　躲避球，保健室

暑假不乾不脆地結束了。

代課老師一臉嫌麻煩又漫不經心地說：「體育股長是誰？跟我去拿躲避球。」

大家都沒有升上小四的實感，長假後遺症之外，熱血的小楊老師又因為公假不在。

這一盤散沙的狀態，居然要打躲避球？

說起來躲避球根本不該被歸在球類「運動」好嗎？它從頭到尾沒有什麼技巧可以掌控，力氣大的贏，跑得慢的輸。明明不是格鬥技，勝利的前提卻是打擊、傷害他人的身體，到底是什麼白癡遊戲？

假借肚子痛，我跑到樹蔭下坐著。如果只是要強化我們對弱肉強食的理解，還不如上自然課，看那千篇一律的獅子咬死羚羊的錄影帶。

代課老師吹響哨聲。果不其然，都是瘦小的女生被打，外場的男生一直在咆哮。球撞擊身體，又重又沉的聲音，弄得我的胃隱隱作痛，假病都要變真病了。

場上很快就剩下幾個比較強的在對峙，常常跟男生們較勁的可蔚當然也還在。

「妳肚子有沒有好一點？」

嚇我一跳，苡真什麼時候站在我旁邊的？

「嚇到妳了？不好意思。」

「沒事啦。」

苡真欲言又止地問：「妳……是不是在生氣？」

「我剛是在發呆啦，怎麼可能因為這樣就生氣——」

「我不是說剛才，我是說最近。也不只最近，大概是暑假的時候吧，每次看到妳，就算妳笑笑的，看起來也像在生氣。」

「什麼意思啦苡真？暑假這麼開心，也有跟妳和昕霓玩啊，有什麼好生氣的？」

她愣了幾秒，淡淡地笑了一下。「可能是我想太多吧。妳沒事就好。」

還沒消化苡真這番話，心底正鬱結，球場那邊就好像發生了什麼事。

眼睛還沒看清楚，耳朵先察覺到不同，場上不知何時變得如此安靜，沒有男生在亂吼，沒有女生在尖叫，也不再有球碰撞到身體的聲音。

「為什麼大家都圍在一起？」苡真踮起腳尖，想看清楚狀況。

一、二、三、四、五……跟苡真說話前，左邊內場加上可蔚有六個人，為什麼現在只有五個？

來不及想清楚，我的腳已經往球場跑去。

人群的中心，是半跪在地，抱著胸口在嘔吐的可蔚。

大家慌張地擠在周圍，我根本無法通過，只能遠遠看著代課老師帶著幾個比較有力氣的同學一起扶可蔚到保健室。

昕霓抓住我的衣角，抽泣著。「都是我害的……可蔚本來可以接住的，她是怕我被打到，想要擋在我前面才會重心不穩的……球打到她的胸口正中間……怎麼辦……她一定很痛，說不定骨頭受傷了……都是我害的……」

苡真拍著昕霓的背，然後對大家說：「大家不要再推擠了，不僅沒有幫助還會造成老師額外困擾，請先幫忙收拾場地。」

苡真的話如鎮定劑般，慌亂的同學們漸漸平靜下來，分頭工作。

「筱榕，妳想去保健室就去吧。」苡真拍拍我的肩膀。「一定會沒事的。」

✎✎✎

一路狂奔到保健室後，護理老師正要拉上隔簾。

老師看我杵在門口，問：「同學，有什麼事嗎？」

我正準備裝病，畢竟要是沒有不舒服是不能留在保健室的。為了留下來也只能說謊騙老師了吧？

「老師，可以讓她進來陪我嗎？」在床上半坐躺的可蔚突然說話了。「她是我最好的朋友。」

護理老師放我進去，離開前不忘叮囑：「先讓她休息觀察個十分鐘，有任何不舒服一定要立刻跟我說。」

簾子被拉上後，聽到老師慢慢移步到門外，關上玻璃門的聲音。

「妳在幹嘛啦？」可蔚的聲音很沙啞，卻還是不忘捉弄我。「哭成這樣是什麼意思？」

從她那句「最好的朋友」，我就咬牙一直忍著。當隔簾一關上，只剩下我們兩人時，我就沒辦法再控制眼淚。

「等一下妳回教室的時候，記得幫我安慰一下昕霓，不是她害的喔，我只是早上吃太飽，真的，還沒打球之前就覺得胃脹脹的，然後打沒幾下就吐了。太久沒打球了，哈哈，真丟臉，玉米蛋餅蘿蔔糕大冰奶全部吐光了。哈哈哈哈。」

她伸出一隻手，示意要我回握。我伸手後，她輕輕將我拉過床沿。我遲疑著，但又怕弄痛本來就不舒服的她，只好順著她的力氣坐在邊緣處。

她拍了拍大腿，要我躺在上面。我很小心很小心地靠過去。

兩個多月以來晦暗又纏繞的想法，在看到她受傷之後立刻變得一點都不重要了。自卑自傲自責自負……在這種時候一點意義都沒有。苡真說的沒錯，我是在生氣，生自己的氣。明明和可蔚相處的時間怎樣也不嫌多，想跟可蔚說的話怎麼都說不完，我卻虛擲了那麼多光陰，沉溺在徒勞的自卑感當中。真的太後悔了。

「喵。」

她順著我的頭髮摸，小小聲的。好像在告訴我，我們之間什麼都不用解釋。再多的話語，都可以簡化成一聲「喵」。

現在不只眼淚，我連哭聲都壓抑不住了。有記憶以來我好像從來沒有這麼大聲哭過。哭總是要忍耐的、克制的、隱瞞的。但我現在沒辦法再忍耐了。我的某個開關被可蔚打開了。這到底是好是壞？我哭得胸口好痛又好累，就快無法呼吸。

「喵喵喵～～喵～～」她用食指在我的下巴搔癢。看來是把我當成真的貓咪吧。

「……為什麼搞得好像是我受傷而不是妳受傷一樣。」我掙扎著想要起身，她卻把我壓回去。

「喵！喵喵！」

「我這樣壓到妳，妳會更不舒服吧？」

「喵！」

我只好用力撐著身體，避免將太多重量靠在她身上。

「我等一下就寫信給校長，請願本校全面禁止躲避球。」

「欸！不要這樣好不好！躲避球還是很好玩的！」

「反正妳受傷就不行。」

「那我保證我不受傷！」

「妳現在就在保健室躺著，有什麼資格保證？」

「要是我又受傷了，就讓妳打一下！」

「……妳是故意的還是怎樣？」我怎麼可能捨得打妳啊？

「好啦！保證！以後我絕對不會受傷，絕對不會再讓吳筱榕同學哭了！」她額頭抵著我的額頭，用更細更輕的語氣再說了一次。「我保證，今天是我第一次看到妳哭，也會是最後一次。」

我們沉溺在久違的甜蜜中，毫不自覺，兒時這可愛的約定，會不知不覺變成某種緊箍咒。

後來，我真的都沒有再因為可蔚哭過。

第七章　大怒神，懼高症

「喵！快點！」

小四的秋天，終於一償（與可蔚單獨相處之甜蜜的）校外教學的宿願！拜去年那可恨的秋颱所賜，校外教學被「延期」至今。這一年來，我不知在腦海裡彩排了幾百次。在遊覽車上和可蔚交換看彼此畫的漫畫，拍很多紮著高高馬尾的可蔚坐在旋轉木馬上回頭看我的照片，還要買那種有貓咪耳朵的髮箍送給可蔚……所有的細節，都設想過了，唯一沒料到的是──

可蔚喜歡的全都是驚聲尖叫類的設施！

首先，那些設施光看名字真的不知道有多恐怖（XX泛舟或XX歷險，什麼西部什麼太平洋的），大多都是到了現場才知道長什麼樣子。有些還在室內！外觀有很多異國風圖像但猜不出內容是在玩什麼，搭上機具才發現是在全黑的空間把人甩來甩去，連「落跑」的機會都沒有！

好啦，就算知道有多恐怖，我也跑不掉。當可蔚興奮地在車上拿出她自己標記好的地圖，說她期待到好幾天晚上都失眠了，然後用甜蜜的聲音說。

「因為，人家想要跟妳度過最開心的一天嘛……」

誰有辦法拒絕啊！

再見了旋轉木馬，再見了貓耳可蔚，再見了我的拍照計畫……

整個早上，我都努力不讓自己露出破綻，畢竟可蔚也期待了一年，我們又才剛「和好」（雖然，我們都不太清楚暑假當時到底算不算「吵架」，以至於這個「和好」也相當微妙……），真的不想因為我的膽怯壞了她的興致。

好不容易撐到午餐時間，走往用餐區的路上，總感覺自己的身體還在晃，感知不到「平地」這個概念……

「可蔚！筱榕！妳們也在這邊吃午餐啊！」

小楊老師拎著謝言智走了過來。不知為何，我聯想到藏獒叼著小隻鬥牛犬的畫面哈哈哈哈。

老師問：「可以坐妳們對面嗎？」

我點點頭，可蔚立刻回答：「當然好啊！」

小楊老師看到可蔚那張畫滿記號的地圖，讚嘆地說：「哇！這麼認真！」

「童可蔚連校外教學都像書呆子，哈。」

謝言智一開口就是挖苦，我瞇起眼睛瞪他，他不開心地扭過頭去。

「這樣才值回票價嘛！」可蔚做了做推眼鏡的動作。她說，這是「空氣眼鏡」，表示自己在某方面思考，鑽研了相當透徹，而非真的近視的意思。

可蔚接著解釋：「午餐之後也要預留最少半小時到一個小時的消化時間，所以整個早上我們已經跑完二分之一的行程，只剩二分之一了！」

還有二分之一？

饒了我吧！

「餐點好囉！」櫃檯姐姐大聲通知，我正想起身去拿餐點，可蔚卻已經衝了出去。

「喵，我去就好，妳陪老師他們聊天～」

謝言智也站了起來，刻意裝得漫不經心的樣子。「……我也去幫老師拿。」

這是怎麼回事？謝言智主動幫忙老師？雖然我一直都知道小楊老師很厲害，但是居然連謝言智都被「收服」了！重點是完全沒用到考試、處罰這些手段，老師真的太強了！

我還在訝異中，小楊老師卻突然道歉：「筱榕，老師一直忘了跟妳說不好意思，不知道現在是不是好時機。」

「……？」

「上學期在走廊上把妳誤認成可蔚，實在很不ＯＫ！」

老師皺緊雙眉，還特地站起來彎腰道歉，我連忙解釋：「啊！那麼久以前的事了！老師不要介意啦！而且，被認錯是可蔚比較吃虧，她那麼優秀——」

「妳也很優秀喔。」老師微笑，並推了推他那真實存在的厚重眼鏡。「筱榕，妳跟可蔚都很優秀，而且是不一樣的優秀。老師以後會經常提醒妳的，也希望妳經常提醒自己喔。」

老師是否知道我們暑假的事情才這樣說的呢？又或是單純心血來潮？

我不知怎麼回應，只好低著頭，直到聽見可蔚的呼喚。

「我回來了～喵～」

「開動吧！」小楊老師看大家都舉起筷子後，又再叮嚀我一次：「要記得喔。」

休息後，又跟著可蔚東跑西跳，最終來到今年剛落成，也是可蔚最期待的——大怒神。

我深呼吸了好幾次，努力「表演」著和可蔚同樣等級的亢奮，但就在快輪到我們時，可蔚突然把自己的包包遞給我。

「妳在這裡等我吧。」

「為什麼？我也想玩。」

「妳騙人，明明就很怕高！」她捏捏我的鼻子，笑著說：「我都知道喔，我們每次幫忙打掃三樓的時候，妳都不敢靠近圍牆，也不敢從上面往下看。」

「可是——」

「今天一整天妳都很努力陪我了，這次妳就在門口等我吧。」她轉過身，往前走去。「我會代替妳去很高很高的地方，我會在上面跟妳揮手，然後幫妳記住上面的風景。」

二十歲的秋天，大學沒課的某日。

那天，懼高的我跑去玩了大怒神。

因為是平日，除了剛好來校外教學的學生，都是散客。

我前面是一對國中女生，長髮的女孩要短髮的在地面等，短髮的倔強拒絕。

我們剛好分到同一排。由於我是一個人，她們兩人坐在一邊，我坐在另一邊，我們中間空了一個位置。

坐定後，工作人員來幫我們檢查安全桿。我聽見長髮的大聲的說：「下來只有一瞬間，可能會害怕得叫不出來。最好是在頂點就先叫出來！」

「還沒掉下來就叫？太丟臉了吧我才不要咧。」

「那我陪妳一起叫嘛。」

機器緩緩上升，地面離我們越來越遠，女孩們還在討論尖叫的時機。

到達最高點，機器停著。

「就是現在！」長髮大喊。

「現在？」

「現在！」

她們似乎還在猶豫，我不知道哪來的衝動，也可能是雞婆。我決定推她們一把。

「啊啊啊啊啊！」

我大叫。不到一秒後，她們也終於放膽大叫。

剎那間，機器掉落。眼前的景色變成一道直線，但很快就停住了。

平穩之後，女孩們大笑，短髮和長髮說：「什麼嘛，真的一下就沒了，還好我們有先大叫！」

到寄物處領回物品時，她們還跟我點了點頭，牽著手臉紅紅地跑走了。

恐怕是這個設施的後勁太強，我一踏出門口，就很難再站直。

我蹲在角落，滿臉都是眼淚。

如果是因為懼高症而哭，因為遊樂設施太恐怖而哭，因為女孩們美好的感情而哭，因為身旁的空位而哭，就不算打破和可蔚在保健室的約定了吧？

第八章　情敵，化裝舞會

「吳筱榕，要當我的舞伴嗎？」

「不行啦，是我先約她跟我跳舞的！」

這是怎麼回事？

班上兩位我從來沒有說過話的男同學同時冒出來攔截我，嚇到我只想躲到桌子底下。

為什麼小學四年級的我們會需要找「舞伴」呢？

前陣子，小楊老師聽到可蔚受傷的事情後，便立即將躲避球從我們班的體育課剔除。

但學校公告的四年級體育期末考項目，偏偏就是躲避球（學校到底是有多喜歡鼓勵小學生自相殘殺啦！）。我們班只好另選其他運動當作期末考項目。

導師時間，小楊老師準備宣布替代方案。

「不是排球籃球——總之不是球類！我們班要酷一點，跳一點的！」

看來老師心中已有定案，卻又吊著我們胃口不說明白。

「游泳嗎？」有同學搶答。

苡真委婉地否定。「游泳算是比較普遍的運動，好像不太符合小楊老師心中定義的『酷』。」

「就是啊，水上芭蕾還比較有可能。」昕霓亂丟一個誇張的想法後，被自己逗笑。

「欸！水上芭蕾！有一點接近了！」小楊老師竟大大贊賞昕霓的浮誇，並拋出另一顆震撼彈。「對了！這個項目會跟美術課連動喔！畢竟我們班的體育和美術都是我帶的，怎麼讓兩個課程緊扣在一起真是讓我想破頭了呢！」

體育課和美術課到底要怎麼結合？用水上芭蕾濺出來的水畫水彩？小楊老師的邏輯太飛躍了啦！

此時，可蔚卻在一團謎霧中推敲出線索。「跟芭蕾有關，又要搭配美術創意……會不會是要我們發揮創意搭配造型，加上跳舞？」

「答對了！」老師彷彿找到千年一遇的知音，衝下台握緊可蔚的手，並大聲宣布：「四年三班體育課聯合美術課期末考項目——化裝舞會！」

班上陷入大動亂！

「化裝舞會」，短短的四個字，聽起來卻是如此盛大隆重。大人們的交際場合，帶點異國風情。這，真的是我們這群十歲小朋友即將要辦的活動嗎？

小楊老師以丹田發聲，喝止眾人喧譁。「同學們稍安勿躁！距離期末還有一個多月的時間，我會一步步帶領大家規劃細節和設計造型，還會請我的好朋友來教大家跳舞和舞會禮儀！大家就從找舞伴開始吧！」

規劃，造型，禮儀，舞伴！多麼令人神往，多麼「大人」的名詞啊！

「差點忘了說！表現最優異的那組，下學期可以跟我去美術館一日遊喔！」

這麼好玩的活動，居然還有獎勵？

我們班能遇見小楊老師，真的太幸福了啦！

時間回到現在，被兩位超不熟的男同學攔下的我。

「上星期自然課做實驗的時候，就覺得妳很細心，想要多認識妳……」

「我比他更早想找妳！上個月同樂會，小楊老師叫我們做菜帶來，妳做的壽司捲超好吃的！」

「欸，我先問她的！」

「我先的啦！」

我該怎麼回覆他們？自然課我斤斤計較是因為怕可蔚在實驗過程中受傷，壽司捲則是因為可蔚說那是她看漫畫的時候最想吃的日式家常料理。

一切都是為了可蔚啊！

「我肢體沒有可蔚協調！也不像可蔚那麼有美感！會拖累舞伴的！還有，跟可蔚比起來，我——」

嘴上這樣說，心底卻浮現了小楊老師之前的提醒。我這還是把自己當成可蔚的影子吧？總是覺得自己不如她，比不上她。一旦在哪方面「贏過」她，又會被強烈的罪惡感和驕傲吞食。但那明明不是我的本意啊。重點一直都是我喜歡可蔚，我想要更加靠近她，了解她，而不是把她放在天平的另一端和自己比較。

一瞬間，我終於明白了自己最想要的。

「抱歉，我無法答應你們任何一位！」

向兩位同學道歉後，我快步走出教室，直奔導師室，找到正在幫忙整理聯絡簿的可蔚後，顧不上場合氣氛，只想快點說出我的心情。

「童可蔚小姐，妳願意做我的舞伴嗎？」

語畢，一陣熱辣辣的感覺從心臟沿著頸部傳到後腦。不敢面對剛才說出那麼羞恥的話的自己，但又期待著可蔚的答覆。

「筱榕，妳在說什麼？舞會要男女一組……」

可蔚輕皺著眉，卻不像為難，也不像猶豫，反而更像……

害羞？

「我從來沒有說過只能男生女生一組喔！」

小楊老師克制不住笑意，尾音不斷上揚。明明他的回答對我有利，卻有種被他「抓到了」的感覺。

「可以嗎？」我再問了一次。

可蔚停頓了好一陣，稍稍咬了咬下唇。

「……嗯。我也想跟妳一組。」

小楊老師瞬間跳起來尖叫鼓掌，簡直比我還興奮。「筱榕！太好了！哇！我明明沒有小孩，為什麼有種嫁女兒的心情？好想放鞭炮啊！」

「老師你小聲一點啦！這邊是辦公室！不要打擾其他老師工作！」

可蔚連耳根都紅了，卻仍不忘訓斥小楊老師。

小楊老師立刻做了一個乖乖閉嘴的動作，但沒能忍住太久。不一會，老師又對我擠眉弄眼，害我忍笑忍得肩膀一抖一抖的。

可蔚狠狠地瞪了我們一眼，我小聲辯解。

「我們沒有笑出聲音耶……這樣也不行嗎？」

可蔚別過頭去，馬尾差點打到我的臉。

「不要只會傻笑啦。既然來辦公室了，就幫忙我把這邊的東西弄完，我們才有時間練習舞步……」

呼呼呼，真是太可愛啦。

媽媽翻出她年輕時買的，現在已退流行的灰色墊肩絲質襯衫，幫我改造成長版翻領軟西裝外套，搭配之前在菜市場阿姨那邊買的寶藍色上衣，苡真也特地借了我一條灰色西裝褲，然後媽媽幫我把捲捲的短髮往上抓，吹成了蓬鬆而俐落的造型。

可蔚穿著無袖水藍色洋裝，上身是將她的舊衣剪開，上下反過來在頸後綁結改造的，下身則是她和她媽媽手工製作的紗裙！最後，她將她外婆的白色長絲巾攤開，當作披肩使用。

那天，我第一次看見可蔚放下所有頭髮，沒有紮馬尾的樣子。

我帶著媽媽借我的捲捲梳和吹風機，按著跟媽媽以學徒用假人頭特訓的記憶，將可蔚的頭髮一束一束地吹成漫畫會出現的那種大捲髮。

體育館的一角被我們布置成舞會的樣子。小楊老師請來的舞蹈老師也在現場，提醒我們敬禮，邀舞。

大家勾起舞伴的手，慢慢走向舞池中心。

「明明我還是比妳高一點點，為什麼是妳負責男生的舞步啊？」

可蔚看似在抱怨，左臉略略浮現的酒窩卻出賣了她真正的心情。

「因為很難得可以看到妳捲髮的造型？」

「蛤？關聯是什麼？」

「要開始跳了喔。」

老師播放音樂，同學們依照之前課堂所學開始跳舞，可蔚卻有點反常，過程中不是低著頭就是看旁邊，我的腳被她踩到了好幾次。

「可蔚？妳不舒服嗎？」

她沒有回答。

「喵！」哇！這次她踩到的是大拇指前端！超痛！

「……啦……」她嘟囔著。

「喵？」體育館迴音很大，加上舞曲漸漸來到更高昂的段落，我完全聽不到她在說什麼。

「……啦！」她又再說了一次，但依然只有「啦」字特別大聲。

「還是我們先到旁邊休息一下？我現在舉手跟老師說——」

「我也會緊張啦！」

她瞪著圓圓的大眼睛。我想起第一次碰到她馬尾時，她轉頭瞪我的樣子。

我深呼吸了一大口，好不容易忍住笑意。

「看我的肩膀，或是稍微看遠一點點。」

她慢慢找回了節奏。我的腳趾終於不再遭殃。

「妳現在知道妳之前突然跑來示範接吻要怎麼畫的時候我有多緊張了吧……」

「什麼？妳要大聲一點，音樂太大聲了我聽不到。」

「沒事。」

我趁機吐槽。

曲子來到尾聲，我們剛好經過之前攔截我的其中一位男同學和他的舞伴。

「他之前是不是有找妳一組？」可蔚問。

「嗯。但原因只是因為我做的壽司。」

「喔。然後同時間還有另一個男生來問妳？很強喔吳筱榕，兩個男生為了妳變成『情敵』。」

「什麼啦。」

舞曲結束。舞蹈老師提醒我們慢慢放開舞伴，再敬禮一次。

彎腰的時候，我聽見可蔚冷哼一句：「那個壽司明明是為了我才做的……」

第九章　美術館，夢想

「到了！」

沿著翠綠的林道漫步，天空突然開闊，映入眼簾的是一座長形的灰咖啡色建築。

一踏進門內，冰涼而乾燥的空氣撲面而來，嚴肅而優雅的空間，安靜到連有人翻閱導覽書都會發出清脆的書頁摩擦聲。光滑的地板映照著可蔚跟我的倒影，不知從何時開始我們已緊緊牽著對方的手，指尖傳來她的脈搏，比平常還要焦急迫切。

「可蔚和筱榕，你們是第一次來美術館嗎？」

小楊老師看著緊張的我們，笑著問。

我們點了點頭。

「謝謝老師帶我們來。」

可蔚和我不約而同向小楊老師表達謝意。如果不是小楊老師開了將近一小時的車，特地載我們過來，單憑我們自己是很難找到美術館的。畢竟，學校和可蔚家都在近郊，我又住在偏遠的老眷村，別說美術館，就連市區我們都很少有機會來。

「這是妳們應得的獎勵喔！上學期的化妝舞會，妳們都很努力！」小楊老師拍拍我們，接著說：「好！現在開始『自由時間』！兩個小時後再回來這邊集合，到處看看，探索自己喜歡的作品吧！」

可蔚的兩頰紅通通，又更握緊了我的手，彷彿這樣才能告訴我她有多麼期待。

自從小楊老師來到我們班，可蔚在學校就有更多自由創作，更多分享漫畫的空間，但她也因此陷入了苦惱。

「筱榕，妳覺得我的畫好看嗎？」

前幾日，可蔚第二十次問我這個問題。可蔚向來都是勇往直前的，這還是我第一次見到她這麼缺乏自信。

「雖然我已經回答第二十次了，但我可以回答無限次喔——可蔚的漫畫超好看的！」

「哪裡好看呢？」她追問。

「當然是全部都好看啊。不要說我們班，就連學長姐也沒有人像妳畫得這麼好吧。像真的漫畫一樣厲害。」

「像真的漫畫一樣嗎？」

「對！」

本以為我這番稱讚能讓可蔚打起精神，怎知她更加垂頭喪氣了。

她沮喪地將自己的漫畫收進書包，像洩了氣的球，一下子趴倒在桌子上。「我不想要『像』真的漫畫啊……」

咦？

「一開始，我只是覺得日本漫畫很漂亮，就很努力模仿，想著總有一天能追上那樣的程度——像我們在書法課『臨摹』那樣。練習久了，好不容易可以不用再模仿別人的東西，憑空自己想像。我以為這樣就能越來越靠近漫畫家這個夢想。但最近看著自己畫出來的這十幾本漫畫，我突然發現，我的畫風，還是像我一開始模仿的那些日本漫畫一樣。這，真的是『我的』漫畫嗎？如果我怎麼畫都還是『模仿』

怎麼辦？如果我怎麼畫都還是『像別人一樣』怎麼辦？如果我沒辦法畫出屬於自己的風格，我又要怎麼向爸爸媽媽證明我能夠成為獨當一面的漫畫家？大人總是說漫畫家養不活自己，說漫畫只能當興趣，不能當飯吃。我越想證明自己，越畫不出自己的東西……」

可蔚將心底的鬱悶一股腦地傾瀉出來後，突然又跟我道歉。

「對不起，好像都是我在抱怨。啊！我好不喜歡這樣的我自己喔！只會吐苦水！又沒辦法解決事情！」

見她煩躁到一頭長髮都有點亂了，我連忙安慰她說：「喵！妳可以盡量跟我抱怨喔！只是我真的太弱了，除了聽妳抱怨也沒辦法給什麼意見……」

她突然坐起身，緊緊抱住站在她身旁的我。「妳再說自己弱我就不理妳了喔。喵，妳能聽我說，就是我最大的動力了。」

雖然班上的人看到我們兩個「黏緊緊」都見怪不怪了，但光天化日之下（？）抱抱什麼的，還是有點心臟痛。

但沒辦法嘛，可蔚心情不好。只要能讓她擺脫煩悶，要抱幾次，抱多久，都可以的。

「過幾天小楊老師會帶我們去美術館，看看其他作品轉換一下心情，可能會有靈感？」

我如此提議後，可蔚終於抬起原本埋在我腰間的頭，又眨了眨眼。

「喵！好主意！」

時間回到現在的美術館。

可蔚開始了她的尋找靈感之旅。

不想害她分心，我決定自己一人兜兜轉轉。看著牆上一幅又一幅抽象難解的作品，我越來越感覺到在美術這方面，我與可蔚有著極大的落差。

「夢想」啊。我好像從來沒有那樣熱烈追求的非得實現的東西。可蔚是什麼時候發現漫畫家是她非得實現的目標呢？好像能理解她的心情，但又感覺很模糊。之前我因為她的鼓勵去參加比賽的時候，那種心情算不算「夢想」呢？陪她一起畫漫畫，拚了命想要追上她一點點的時候，那種心情又算不算「夢想」呢？

不知不覺已繞完一圈，在一幅將近一整面牆的大型畫作前面，見到了正看得入神的可蔚。

那幅畫是由一塊一塊的色彩交疊而成。由於它描繪的並不是「寫實」的事物，顏色也並不特別鮮豔，剛才很快就被我跳過了，但可蔚卻在那邊站了好久好久。

「可蔚。」我小聲地問：「妳看得懂這幅畫嗎？」

「我也看不懂呢。」她爽快地承認卻毫不氣餒，反而相當坦然地說：「雖然看不懂，但可以感覺到某種情緒。」

「感覺到……情緒？」

「嗯。雖然不是我們習慣的人事物那種畫法，但能感覺到有一股情緒、氛圍……很強烈……好像會把人捲進去那樣……」

如果「夢想」有模樣的話，就是她如此著迷又執著的神情了吧。

回程，雖剛過正午，卻是柏油路面最為滾燙的時候。

我們跑進附近的便利商店，老師叮囑我們。「買補充水分的東西為主喔，最好是可以帶在車上喝的東西，才不會中暑喔。」

忍不住在冰櫃停了下來——是我最喜歡的布丁雪糕！

正要伸手拿的時候，發現可蔚的手跟我同時碰到了剩下的最後那一支冰棒。

我們同一時間縮回手。雖然很喜歡布丁雪糕，但我們都更希望對方吃到。

小楊老師在旁見狀，忍不住逗我們。「等妳們退讓完，太陽可能就下山了。這個老師請客，妳們一起分著吃吧！」

我們珍惜地接過，慢慢拆開包裝。

可蔚說：「妳先吃。」

「妳先。」我說。

「再爭下去就融化囉！會變成螞蟻們的點心喔！」老師又取笑我們。

我們同時各咬了一邊，接著一人一口輪流。

午後熱浪太強，眼看融化的冰棒就要滴到我手上，可蔚趕緊咬了超大一口。

「會嗆到啦！」我小心地拍拍可蔚的背。「妳整個拿過去吧，我剛剛吃了很多了。」

看來是剛才咬下的那口還沒入喉，可蔚緊閉嘴巴嗯嗯啊啊地搖頭了一陣，好不容易嚥下才開口說。

「一人一口比較好吃啦。」

我第一次知道她那頭烏黑的頭髮在陽光下會反射一絲一縷的金黃色。

如果「夢想」有味道的話，就是這柔軟清涼又入口即化的甜蜜了吧。

第十章 分，別

「英路思特里斯・費依德斯・扎爾克里，你在這裡等等我，我去找解毒劑！」

「沒用的，維克多・貝呂倫・巴瑟姆，毒素已經蔓延到我的全身……呃！咳咳咳咳！」

「英路思特里斯・費依德斯・扎爾克里！我怎麼可能眼睜睜看著你的身體變得冰冷，心臟不再跳動？你是為了我而中毒的啊！」

「維克多・貝呂倫・巴瑟姆……聽我說、聽我說，與其浪費生命最後的時刻，不如讓我這雙眼睛好好地記著你。這樣，哪怕到了地獄，我還能回想起你的模樣……」

「英路思特里斯・費依德斯・扎爾克里？等等，別閉上眼睛，別丟下我一人……欸、欸、欸！」

「停！」

我打斷演得正起勁的謝言智。「不要亂改台詞啦！這時候要叫他的名字，突顯你們之間的親密感。你在那邊『欸欸欸』，好不容易建立起來的情緒都斷掉了！」

謝言智不甘示弱，反嗆：「人都要死了，哪有時間講那麼長的名字？」

「你！」竟敢質疑編劇？

「不如各取所長怎麼樣？」

小楊老師不知從哪裡冒出來，站在我和謝言智中間打圓場。

「筱榕劇本的巧思很棒，但阿智也是為了投入角色情緒——改成『路思』怎麼樣？像是放下了禮儀規範，呼喚對方小名的感覺。」

「可以啦……」

謝言智一秒變回溫順小狗狀態，乖乖跟著扮演「路思」的同學去背台詞了。小楊老師真不愧是最強訓練師（？）。

「筱榕，怎麼樣？有稍微能諒解我『拆散』妳跟可蔚的決定了嗎？」

老師特地留住我。

「我……正在努力適應中。」

「老師比誰都清楚妳跟可蔚有多麼要好喔，但有時候妳們需要多多跟別人相處合作，才會成長得更快。就像妳寫的這個故事啊，沒有人可以一輩子黏著另一個人，人跟人總是會有分別的時刻——」

「吳筱榕，快點來排下一段啦！」謝言智扯著喉嚨催促。是吃醋小楊老師單獨找我聊了很久吧呵呵。

老師拍拍我的背。「快去吧！我們之後再聊！」

小四最後一次段考，在小楊老師百折不撓地請示校長後，由死板的筆試，變成了分組創意呈現。

每組五人，不限形式，不限內容，只要在呈現時提出與課堂有關的論證，就能當作期末成績。

舉例來說，苡真計畫將社會課本中的台中地圖，改造設計成「大富翁」遊戲；昕霓則打算帶同組成員去她家山上的別墅採桑葚，勉強和自然課沾上邊的貴族式校外體驗。

分組前，小楊老師卻下達了幾道限制。

「第一，不能只有組長在做，一定要確實分工！第二，太熟的朋友不能一組，比如——」

小楊老師一面宣布，一面走到可蔚跟我的座位附近。

「可蔚和筱榕，妳們兩個不能同一組。」

「老師！」

我平常很少表達不滿，但老師這樣說讓我忍不住抗議了。

「我知道妳們會不服氣，但是我有我的堅持。我帶這個班帶了快一年半，每次分組不管人數多寡，妳們從來沒有分開組隊過。至少在升上五年級之前，要讓妳們學著跟其他人搭檔。」

「可是——」

我本想再說些什麼，可蔚卻轉過來安撫我。

「雖然我也不想跟妳分開，但我覺得這樣的『期末考』很有挑戰性喔。我也想練習獨立，不能老是依賴妳啊！」

依賴我？

可蔚是不是說反了？怎麼看都是我在依賴她吧？她從我們認識的第一天就一手包辦大小事，又懂事又獨立，我才是一直以來太過仰賴她的人吧？

她用手指戳了戳我緊皺的眉頭。「我啊，比妳想像的還依賴妳喔。」

大家都和熟識的朋友分散了，我跟可蔚也進了不同組別。

同組中，我只有比較認識搗蛋王謝言智，其他都是很少說到話的同學。

「我提名筱榕當組長！」

「贊成！贊成！」

「妳是不是想畫漫畫？我們會努力幫忙喔。」

「漫畫應該不行，我只是畫好玩的。」與其害組員們期待過高，不如先自首。

「真的很醜，跟可蔚的完全不能比……」

「那怎麼辦？」

「我們還以為妳一定已經想好要做什麼了……」

組內陷入愁雲慘霧中，我更是腦袋大當機。平常我都是跟著點子王可蔚，很少需要提案，更別說決策了。

「畫不好就不要畫啊！」

謝言智突然怒吼。

「幹嘛逼自己做不擅長的事情？長頸鹿會逼自己游泳嗎？獅子會逼自己吃素嗎？妳是組長耶，拜託妳動動腦！」

被謝言智這麼一吼，我才清醒了。

「大家，我們來『說故事』好不好？」我提議。

最初是因為可蔚的鼓（引）勵（誘）才開始說故事的，但卻漸漸變成了我最有把握的項目。

這次，不再是我一個人上台「說」，而是大家一起上台，將故事呈現給觀眾看！

「所以是演戲嗎？」

可蔚一雙大眼藏不住期待。

我點頭，並補充說：「我負責寫而已啦。演員比較辛苦，有很多動作跟台詞。」

「哇！我可不可以去偷看你們排練？」

「不行啦，這樣妳之後看就沒有驚喜了。」

這一個月，大家為了呈現都忙翻了，只有午餐時間能和可蔚稍微說到話。

她失望地噘嘴。「也是啦。我們這組也約好不能『爆雷』，不然我超想跟妳商量的！啊～～我真的很需要妳的意見啊！我們組員都太客氣了，只稱讚我的畫風，都不給我故事或分鏡的意見……」

「妳這是拐著彎炫耀妳畫風太美的意思嗎？」

我故意吐槽可蔚。她深鎖的眉心終於解開。

「妳很煩！妳明知道我不是那個意思！」

她作勢要捏我，我假裝閃避。

趁著午休前，我們跑到一直以來的祕密基地——後走廊。

「夏天又快到了呢！我很喜歡夏天喔。」

可蔚說著，風吹起她鬢角的髮絲，頰邊有幾滴汗珠。

「今年會是我們一起經歷的第二個夏天喔！」她又說。

「……可以先忘記去年那一個夏天嗎？」我懊惱地將頭埋進抱膝的雙臂間。想起去年的「冷戰」，真的是很羞愧。

「喵！不可以忘記啦！」可蔚一面抗議，一面用頭槌攻擊我的手臂和膝蓋間的縫隙，最終半躺在我的大腿上。「開心的，不開心的，只要是我們一起經歷的事情，都是最珍貴的回憶。」

「喵。」好吧。可蔚都這麼說了。

「老天爺！拜託讓電腦把我跟吳筱榕分到同一班吧！」

可蔚突然對著天空許願。

她的馬尾在我的腿上翻來翻去，弄得我很癢。

「妳之前還說我們兩個分開比較好，說什麼不要依賴、訓練獨立……」我忍不住翻起舊帳。

「我之前也說了啊——我比妳想像的還要依賴妳喔。」

✎✎✎

呈現很圓滿。可蔚那組以接力漫畫的形式，將台灣歷史分成幾個時期，畫成一冊冊的漫畫。我們這組在謝言智的賣力表現下，獲得了很多同學的喜愛。

「謝言智演技太好了吧！我看到後面都哭了！」

「同母異父的哥哥『路思』，一直以為是敵人，是競爭對手，最後卻代替自己喝下叛軍送來的毒藥，在自己的懷裡斷了氣……」

「怎麼想得到這些故事的啦？好好奇筱榕腦袋的結構喔哈哈哈！」

「這樣他們兩個到底要算兄弟？還是朋友？還是？」

我還來不及跟同學們解釋我心底真正的設定，小楊老師就說話了。

「同學們，我們來總結這次的呈現！」

小楊老師一開口，大家便停止了吵鬧，自動回到位置上坐好。

「這次大家都準備的非常好！老師很驕傲喔！這樣，就算大家分到不同班級，也能適應得很好，發揮自己的長才！」

老師雖然笑得像平常一樣開心，氣氛卻漸漸變得嚴肅悲傷。

這次的分組，果然是為了讓我們提前適應分班啊。

不知為何，老師厚重的鏡片今天反光特別嚴重，我們都看不清小楊老師真正的神情，只能從他始終充滿衝勁的聲音判斷他的心情。

「恭喜各位！你們要升上高年級了喔！」

可蔚面帶憂愁地回過頭來看我，我隔著課桌椅牽緊她的手。

第十一章 海之聲

抬頭準備抄板書的時候，已不再被前方高高的馬尾擋住半邊黑板，黑板上的字也不再是小楊老師那狂放不羈到難以辨認的草書，更沒有調皮鬼謝言智和他的跟班們在吵鬧。

兩年來，第一次這麼輕鬆就抄好筆記，但也從未如此坐立不安。

電腦分班真的把我們打得很「散」。

熟人中，只有昕霓跟我分到了同一班。

回想起升上小三第一天，舊班同學依依不捨，哭著和彼此說再見的樣子。當時非常鄙視她們的我，現在卻明白了那份說不出的酸楚，為何會變成眼淚。

昕霓在第二天抬營養午餐的時候就哭了。

「以前都是我跟苡真一起當值日生……以前我們的座號是連著的……」

新同學們不清楚她的個性，誤以為她在耍大小姐脾氣。我趕緊和大家解釋，昕霓只是太想舊班的好朋友。

誤會一下便解開了，但昕霓和我心底的失落感，卻仍舊無解。

苡真和謝言智分到了小楊老師帶的班，昕霓為此又傷感又妒忌。她捨不得苡真，但一想到苡真偏偏那麼幸運，能繼續接受小楊老師的指導，又氣得牙癢癢的。

「這種複雜的心情到底是什麼啦？」她哀號。

我聳聳肩。「這是妳喜歡苡真的意思喔。」

「蛤？」

她氣得一整天都不跟我說話。也只能等她自己領悟了。

對了，我居然當選了新班級的班長。從頭到尾我只覺得莫名其妙，但新同學和新班導卻是這樣描述我的——

筱榕給人一種「知道什麼時候要發號施令，什麼時候要親身示範」的感覺。

這不就是當年我對可蔚的印象嗎？

我現在已經不會因為自己「像」可蔚而徬徨不安了。

我只是很想念她。

從導師室搬聯絡簿回教室時，總會經過可蔚的新班級。

時光彷彿沒有前進，她依舊是班級的小太陽，大夥圍繞著她、簇擁著她，只是我不在她旁邊。

哼，適應得那麼好是什麼意思啦？好像我不在也沒差一樣。

我鼓起勇氣，走到她們班門口，請人幫我叫她。那位同學不情不願地走到可蔚身邊說了幾句話後，又不情不願地走回門邊來。

「她說她很忙喔。」

那位得意地笑了一笑（是在跩什麼啦！），留下愕然又氣惱的我。

壞蛋可蔚！笨蛋可蔚！

以前妳吃昕霓的醋，罵我那麼多次壞蛋笨蛋。

結果！妳才是最壞最笨的蛋啦！

分班的日子又過了好幾天。

「班長外找！」

班上有同學大叫，我急急忙忙跑到門口。

「喵！」

我都還沒站穩，就先被來人緊緊抓住，「喵」了一聲。

可蔚？

她不懷好意地瞇著眼。「喵，是不是很想念我啊？呵呵。」

「還好。我現在是班長，每天都很忙。」不是很忙嗎？現在又有空了？

「是嗎？」她故意搓搓自己的鼻尖，又問：「那為什麼我每節下課都在打噴嚏？尤其是妳搬聯絡簿經過我們班的時候？」

「誰知道？過敏要看醫生。」我到底在嘴硬什麼啦？

「齁唷！反正妳今天午休要空下來喔！到時候妳就知道我為什麼這幾天都躲著妳了啦！」

見她兩頰鼓鼓像生氣的河豚一樣，我也沒辦法再板著一張臉了。

「要約哪邊？」我問。

「學校新整修好的——圖書館！」

午休鐘聲都還沒響，我已經迫不及待在圖書館找到一塊「風水寶地」。有窗，有光，有一座大書櫃作為屏障，保障我們的對話不會打擾到他人，也不被他人干擾。

可蔚雙手背在身後，神祕兮兮地溜到我身邊。

上次她帶著這種表情出現，是三年級說故事比賽前，那時她畫了一整冊四格漫畫，幫我「猜題」訓練。

「這個，只有給妳看，先不要跟別人說喔。」

她小心翼翼將藏在背後的自製漫畫拿出來。

作為她最忠實的粉絲，我再熟悉不過她構圖上色裝訂的方式，但這次不一樣。單單是封面，就足以讓我理解可蔚曾經那麼煩惱的「自己的風格」是什麼意思。以前她的背景總是開滿了花朵、雲朵，人物的服裝和建築往往混搭兩種以上的異國元素，太過強調人物眼睛的比例，過於尖削的下巴和四肢的比例……種種夢幻、非現實的元素，都難以脫離她最喜歡卻也最想擺脫的美少女系列。

這次的畫，卻完全沒有那些痕跡了。

那是她從來沒有嘗試過的畫風，封面像從天空往地面拍的攝影機一樣，兩位主角背對著彼此，躺在沙灘上。清新、溫柔，卻非常憂鬱，好像從封面就注定了這兩人會永遠分離。

《海之聲》，是這本漫畫的標題。

我捧著這本漫畫，久久不能移開視線。我正準備要翻閱的時候，可蔚卻突然將漫畫抽了回去。

「等我畫完。喵。」

她害羞地抱緊《海之聲》。

她不必再做什麼解釋，我都知道。她一定準備了很久吧。這是她終於找到「自己」的作品。從今以後，這就是獨屬於「她」的畫風了。不再擔憂自己是不是原創，不再害怕被淪為仿作。《海之聲》就是「她」。

我和她打勾勾，約好《海之聲》完成的那天，我會是第一位讀者。打勾勾，很老套的小學生約定方式，但，我們都知道這個承諾的重量。

後來的每天，可蔚都繼續為了《海之聲》忙碌著，我也沒有去打擾她。後來的每天，只有放學排路隊的時候，能短暫地碰到她。我們會刻意排在兩班交界的地方。她排她們班的隊尾，我排我們班的排頭。雖然那段時間不能說話，但我們會在校長主任在廣播喊話的時候，牽緊彼此的手。她的手，一直都和說故事比賽那天握起來的感覺一樣，濕濕涼涼的。明明她握我握得更緊，好像要幫我取暖那樣，但我的掌心總是比她熱。

「喵，有人跟妳說過嗎？妳的手真的好燙喔。」可蔚趁老師們不注意，小小聲地跟我說。

「喵。」我才不會讓其他人握我的手咧。

「我媽媽說這代表妳很健康，會長命百歲的意思喔。」她笑。

「……今天就到這邊，小朋友請按照各路隊放學！」

主任大聲宣布，大家開始往校門移動。

可蔚是正門的路隊，我是側門的，我們要在這邊分開兩路了。

我們一直抓著彼此的手，直到兩隊快要完全交叉的那瞬間。

「喵！明天見！」她和她的酒窩對我說。

「明天見！」

那天深夜。

原本熟睡的我突然被玻璃撞擊、破碎的聲音吵醒，接著感覺到媽媽一把抱起了半夢半醒的我。

「筱榕！快起來！房子可能要垮了！」

還沒能搞清楚狀況，我已經跟著媽媽跑到了大馬路上。路上一點光也沒有，夜晚原來是這麼漆黑而駭人的嗎？

除了有人哭喊的聲音，還有一種我從來沒聽過的巨大的聲響，從地底傳到我的腳掌，沿著腿、軀幹，由頸椎直竄後腦。

我一直在搖晃，不，是整個地面在搖晃。

奔逃出來的左鄰右舍中，有人完全適應不了這劇烈的振幅，重跌在地。

後來就連太陽漸漸升起，照亮了四周後，人們都還不太敢回家。

「這麼大的地震，恐怕不只我們這邊……唉……」

住我們斜對面的老爺爺，一面撿拾著破碎的屋瓦，一面嘆息。

我緊緊抱著媽媽，並在心裡用力地祈禱著。

可蔚……可蔚……

147 ╳ 146

第十二章　夕陽

第十二章　夕陽

『……明日停班停課。大規模餘震仍有很大機率發生，民眾切勿待在有倒塌危險的建築內……』

收音機裡播報著有關地震的最新消息，停水停電的日子已過了好幾天，我們的房子很幸運地幾乎完好無事，但我們仍然只敢睡在客廳，並總是將緊急包包放在門口，隨時能拿了就跑。

媽媽的應急包內有現金信用卡存摺，我的包包裡面只有健保卡和可蔚去年送我的生日禮物。

我們靠著攜帶式瓦斯爐，冰箱剩下的食材，上個月拜拜用的整箱泡麵，撐過了好幾日的三餐。

「電話還是打不通啊……」

媽媽不知是第幾次拿起話筒卻無法撥通電話。廣播新聞說姨婆一家所在的東勢一帶，狀況相當嚴峻，道路和通訊方式都未能恢復。

媽媽吹熄家裡僅剩的幾支蠟燭，又因備用電池所剩無幾，關掉了收音機。

每晚睡前，我都會從包包裡拿出可蔚送的小娃娃。我把她捧在掌心，緊閉雙眼，想像她能連結我和可蔚，能將我的心情都傳達給可蔚。

我祈禱著。早在暑假我就和漫畫店預訂了之後上架的新書。我祈禱著。十月生日的可蔚一定能收到我為她準備的驚喜禮物。

「喵，我很好喔。」

總是在恍惚間聽見可蔚的聲音，而後終於能安心入睡。

✎ ✎ ✎

「打通了！」

每日守著電話的媽媽，終於成功撥出第一通電話，確認完姨婆家的狀況後，又陸續和幾位親友報完平安。

「筱榕，妳有沒有想打給誰？」

媽媽將話筒遞給我，我立刻撥打那串反過來我都會背的號碼。

但無論我撥打了幾次，都沒能成功接通線路。

見我越來越焦急，媽媽在旁安慰我。

「線路可能才剛搶修完。等一下再打吧。」

我在客廳走來走去，每數十步又重新撥打，不通；再數十步再打，仍舊不通。

一個小時就這樣過去了。腦中越來越多壞念頭，胃都快嘔出來了。

我再次掛斷話筒。

但這次，我的手還沒完全放開話筒，電話便忽然響起！

「喂？」

接起電話後，我聽見自己的聲音在發抖。

對面沒有聲音，我卻有預感是她。是我最想見的那個人。

「……可蔚？」

對面傳來大叫的聲音。

『筱榕？是筱榕嗎？』

「嗯，是我……」淚水瞬間模糊了眼眶，但我努力不讓她聽見哽咽。「……我打了好幾次，打了快一個小時……妳都沒有接……」

對面突然沒了聲音。

我嚇壞了，以為線路又斷了。

「喂？喂？可蔚？」我著急地呼喚可蔚。

怎知她大笑出聲。

『原來是這樣！難怪我也打不通！妳知道嗎？剛才我也是一直狂打妳家電話，一直打不通，我都快瘋掉了！哈哈，應該是我們打的時間都重複，才會害彼此接不到電話。』

「什麼？」

『嘿嘿，看來我們還真有默契呢。』她又笑說：『喵，我沒事喔。』

她的聲音，跟我每天晚上夢見的聲音一樣。

「喵，下個月是妳生日呢。希望在那之前可以回去學校上學。」我說。

『妳不說我差點忘記我生日耶。我只記得校外教學哈哈。』她回。

「哪有人會忘記自己生日的啦！」

『反正校外教學先嘛！生日之後再說啦！』

「話說，校外教學，只要妳不要玩太高的遊樂設施，我是可以陪妳的啦……」

『這麼麻煩喔？那我就跟新同學玩囉！』

「……我要掛電話了。」

『喵！等一下啦！我還有好多話想跟妳說！』

那通差不多兩分鐘左右的電話，讓我們在舉國傷痛的時刻，獲得了莫大的勇氣和信心。

如果這樣的困難我們都能一起度過的話，一定沒有任何事物能將我們分開。

我們，一定能永遠在一起。

永遠。

那時的我們是這樣相信的。

半個月後，學校恢復上課了。

不知道是不是我的心理作用，總覺得那場大地震後，同學們一瞬間都有了小大人的感覺。

本來的我們，別說想像自己長大成人的模樣，光是「高年級」三個字都很難適應。

而如今，我們都懷抱著陰影和悲傷，努力地長大。

學校本來打算取消校外教學，但在家長們的支持和推動下，照舊舉行。

或許，大人們也希望我們喘口氣吧。

校外教學當天。

童可蔚大笨蛋！大壞蛋！

那天電話裡說的，不是開玩笑而已嗎？她還真的「只」跟新班級的同學玩？

啊啊啊啊啊氣死我了！

我要取消跟漫畫店預定好的禮物！下週她生日我絕對要假裝忘記！

「啊啊啊啊啊氣死我了！」

旁邊是跟我一樣快氣炸的鄭昕霓同學。她用力瞪著小楊老師那班，大聲埋怨。

「溫苡真那個死腦筋！說什麼不同班一起行動會造成老師們困擾！齁！都校外教學了還不能一起玩是怎樣啦？」

「我說，昕霓啊。」

「嗯？」

我一手挽著昕霓，一面對空熱血咆哮。「既然這樣，我們就要玩得更開心才行！」

她用力點頭：「對！我們不能輸！」

就這樣，我們組成了「不能輸」小隊，玩遍了遊樂園內的設施。

一路瘋到黃昏，眼看就快到各班級集合時間了。

在一個斜坡，我見到可蔚從另一頭走過來。

她和班上同學嘻嘻笑笑地往下坡走。我和昕霓都沒有說話，往上坡走。

我假裝沒有看見可蔚。

心裡很不是滋味。

忽然，一隻手拉住我。

「妳幹嘛不跟我打招呼？」

可蔚在坡道的中間攔住我。

「啊，不好意思，剛才沒看到。」

我心底其實因為她主動搭話而非常開心，但真的改不了口是心非又愛裝沒事的壞習慣。

她笑了笑。

她的左臉有酒窩，右臉沒有。

「好喔掰掰，那明天見。」

那是一個比較沒人玩的遊樂設施旁的斜坡，夕陽照著可蔚的背影，她的影子被拉得長長的。她還是一樣綁著高高的馬尾，馬尾總會隨著她充滿精神的步伐左擺右盪。

她暫時丟下新同學，特地跑來和我說再見，我心底覺得很甜蜜，卻也感到非常難過。

不知道為什麼，明明是看著可蔚逐漸遠去的背影，明明是在遊樂園內，卻有種強烈的預感湧上心頭，喉中像卡了千萬根針，悲傷彷彿瞬間就能將我吞沒。

好像……好像……

不，只是我想太多吧。

「筱榕啊，小楊老師打電話來喔。」

一到家，很久不見的小楊老師打了過來。

我從媽媽那邊接過話筒。

照理要很期待和小楊老師敘舊的我，卻非常抗拒那通電話。

這強烈的違和感到底是什麼？
過了很久很久我才明白，那是——
永別的預感。

第十三章　一千隻紙鶴

一早，我像往常般，在新班級收好同學們的聯絡簿，走往導師室；像往常般，經過她的新教室。

卻沒能看見熟悉的身影。

***

『可蔚和她的媽媽在回家的路上被小貨車撞到了，老師現在在醫院。還不確定她們的狀況，但我覺得筱榕妳會想知道，急急忙忙就打給妳……啊，醫生來了，老師去了解一下狀況，如果有什麼消息再打給妳。』

昨天，校外教學結束，很久不見的小楊老師打來我們家。

那通電話不到一分鐘，但不斷在我的腦中重複播放。

糊里糊塗地吃了一點東西當晚餐，整夜都沒能睡著，隔天早上也不知怎麼搭車到學校的。整顆心，都因為那通電話懸吊著，無法分神想其他事情。

「……筱榕……筱榕……吳筱榕！」

回過神來，昕霓緊緊抓著我的肩膀搖晃著。

「妳給我振作一點！可蔚現在在醫院很不舒服，如果連妳都無精打采的是要怎麼辦？」

昕霓似乎還想再說寫什麼，卻被後方冒出來的苡真打斷。

苡真拍了拍我的背。「可蔚一定也不想看到妳皺眉頭的樣子。」

「反正我們又不是醫生，又沒辦法幫童可蔚治療。做小朋友該做的事情吧。」

怎麼連謝言智也跑來了？這傢伙，自顧自說著這麼帥的話，可惡。

昕霓從大袋子裡拿出一大疊色紙。

「我們來摺紙鶴吧！我聽說，摺滿一千隻就能許願！我們就許願可蔚和她媽媽早日康復！」

謝言智已經動手在幫忙，偏偏又要碎念：「我平常才不做這種『女生』的事情咧。但沒辦法，妳們一下就想湊滿一千隻，我不幫忙怎麼做得完？」

「筱榕，把妳的心意寄託在這邊。」苡真微笑著說：「可蔚一定會收到的。」

「苡真，阿智，你們怎麼都跑來這邊了？我們班在另外一邊耶！」

說這段話的人是突然跑來的小楊老師（老師你最沒有資格說吧！）。

老師開心地牽起我的手。「筱榕，剛才接到醫院打來的電話，可蔚和她媽媽已經脫離危險期了喔！她們恢復的狀況良好，可蔚也清醒過來了！老師等一下會跟校長去看她！」

我感覺到老師握緊我的手在發抖——不，是我在發抖。昨天接到電話後就緊繃的神經終於稍稍放鬆了下來，肌肉卻不受控制抽動著。

「妳有沒有什麼話想告訴可蔚的？老師幫妳告訴她！」

我突然想起可蔚之前打球受傷，在保健室蒼白的臉色。但比起她自己的傷勢，可蔚卻總是更在意我的反應。

昕霓說的對，我應該要振作。就像當時在保健室約定的那樣。不能讓可蔚看到我因為她哭泣，她會更難過的。

「請幫我告訴可蔚——我會遵守在保健室的約定的。」

「什麼什麼？老師為什麼不太懂妳的意思？是妳們的暗號嗎？」

我忍不住笑了出來。「是！這是可蔚跟我的暗號！」

週三校外教學，週四我們開始摺紙鶴，週四下午小楊老師探完病回來，帶著滿滿的笑容和我們說：「我和可蔚說到話了！她說她會趕快康復，追上學校的進度，下次考試會把大家遠遠丟在後面喔！」

我們更加努力地摺紙鶴。不僅下課，我們各自帶了很多色紙回家，再從家裡帶來學校。新班級的同學們看見了，也自發地幫忙。

週五中午，可蔚的新班導前往醫院探望她之前，特地來問我們要不要先帶一批紙鶴過去。

九百零一隻。距離一千就差那麼一點點。我們幾個老同學都決定要湊滿一千隻。

週五中午，和媽媽說好週六放假的時候要去醫院看可蔚。媽媽特地開車來，昕霓和苡真幫忙把九百九十隻紙鶴放到後車廂。

「筱榕，最後的十張就交給妳了。」

苡真將最後一疊色紙，慎重地交到我手中。

「幫我告訴可蔚——我期中考一定不會輸給她的！我最近很認真寫評量！」

昕霓得意地摸了摸自己的鼻子，卻沒發現自己指尖沾滿了色紙的色素，都不小心抹到鼻尖了。

我們三人在校門笑著，渾然不知那天傍晚會發生什麼事。

『筱榕！妳有沒有認識的人是O型的血？可蔚和她媽媽突然內出血，情況危急，需要輸血。』

小楊老師匆忙打來。

「老師，我可能是O型，我現在去醫院找可蔚好嗎？」

『不行，小朋友不能輸血。』老師越說越慌張。『親戚或是鄰居，都可以，老師正在聯繫可能幫忙的家長們，能請妳媽媽也多問幾個人嗎？』

老師匆忙掛斷電話。我趕緊衝到廚房，問正在洗菜的媽媽有沒有認識O型血的朋友。媽媽依稀記起了幾位親友可能是O型，我們拿出了厚厚的電話簿，一個一個搜尋那些親友的號碼。

我這個白癡，還在那慢條斯理的找號碼，根本就不知道事情的嚴重性。那時候應該不論如何都要直接去醫院看可蔚的。

我回頭去折最後那十張紙鶴。

我在折第九百九十九隻的時候，老師又打來了。

我們家的電話鈴聲本來就是這麼尖銳的嗎？刺得我的耳朵好痛好痛，彷彿要穿破耳膜，刺進我的大腦中。我放下手中翅膀還沒成型的紙鶴，走向電話邊，伸手要拿話筒的時候，突然覺得時間被放慢了幾百倍、幾千倍一般，我怎麼前進都彷彿還在原地。

應該是零點幾秒的事情，卻宛如比我十年的人生還漫長。

好不容易接通電話，對面只有老師的哭聲。

我幾乎忘了怎麼呼吸，只是直定定呆愣愣地站著。

『……對不起……對不起……筱榕，對不起……』

老師他，一個二十多歲的大男人，一直哭著跟我說對不起。

我知道這是什麼意思。

但是我不想明白。

我拒絕明白這是什麼意思。

話筒都發熱了，我卻沒能掛斷電話，只是靜靜聽著老師的哭聲。

『……當初……分班的時候……電腦其實沒有把妳們打散，是我……建議主任把妳們分開的……』

我的腦袋當機了。

我們最敬愛的小楊老師，一直以來最支持可蔚和我的小楊老師……

為什麼？為什麼？

『可蔚和妳，都那麼優秀……我知道妳們很依賴對方，我知道，所以我想，如果妳們能慢慢獨立……如果……我沒想到……沒想到……如果不是我……妳們……妳們就可以……再相處久一點……對不起……對不起……』

那通電話後來是怎麼結束的？我不記得了。

我拿起桌面上，那摺到一半的，第九百九十九隻紙鶴。

我把它摺完了。也摺完了最後一張。

廚房傳來炒菜的聲音，然後媽媽呼喚我去吃飯。

我說，可蔚過世了。

媽媽緊緊抱著我哭了。我的肩膀上都是她的淚痕。

我只是想著，那一千隻紙鶴，應該要去哪裡？

帶去她的喪禮？帶去學校？丟掉？

我和這一千隻紙鶴想說的話，還能傳達給誰呢？

第十四章 憤怒的素描

和可蔚分享了無數個故事的後走廊依然在那裡，和她冷戰爭吵時走過的司令台依然在那裡，和她牽著手的校門依然在那裡。

既然什麼都沒有變，為何大家都在哭呢？

新班級的同學們每節下課都來找我，深怕我落單似的。他們明明不認識可蔚，卻個個都紅著眼睛。

搬聯絡簿經過隔壁班的時候，很多同學圍在可蔚的位置旁，放聲哭泣著。

到了導師室，教過我們的老師都哽咽著，沒教過我們的老師則是不停嘆息著。

午餐的時候，被叫到校長室。校長要我打起精神，別過於哀傷了。

過於哀傷？

為什麼？

我一點都不傷心啊。

生活中明明到處都還有可蔚存在過的痕跡，你們怎麼能斷定她已經離開了呢？有過於同情的人，也有滿懷惡意的人。

午休，幾個平時會跟不良國中生混在一起的畢業班學長，突然指著我笑。

「欸，妳是五年級的吧？二班死掉的是妳的好朋友吧？啊妳怎麼都沒哭？哈，妳是怎樣？冷血動物喔？」

為什麼，會有人開這麼惡毒的玩笑？

不知道哪裡來的力氣，我一手推倒了擋在中間的廢棄木板。

對方開始大吼大叫。

眼見衝突就要升溫，但我已經氣到什麼都不想管了。

「吳筱榕！妳在幹嘛？」

謝言智一把拉過我就跑。

跑到校園另一端，才看見昕霓和苡真都在那邊等我。

確認對方沒追來後，謝言智劈頭就訓我。

「妳不是真的要衝上去打架吧？那幾個六年級的到底是說了什麼？有必要這麼生氣嗎？」

我沒有回答。我實在不知道怎麼重述那些過分的字眼。

「打架？發生什麼事？筱榕沒受傷吧？」

苡真緊張地想要查看我身上有沒有傷口，但我躲開了她的手。

昕霓氣到哭了。「妳到底在幹嘛啦？可蔚不在了，大家都很傷心，妳什麼都不說就算了，還差點鬧事？」

「筱榕，有什麼事都可以跟我們說的，不要憋在心裡好不好。我們都很擔心妳。」

苡真說著說著也哽咽了。謝言智無聲地流著眼淚。

比起悲傷，淹沒我的只有憤怒和不解。

可蔚做錯了什麼？為什麼她必須遭遇這樣的意外？懲罰肇事的司機又能挽回什麼？可蔚能因此復活嗎？為什麼？到底為什麼是可蔚呢？那個握著我的手，笑著說我的手很溫暖會長命百歲的可蔚，不是應該要跟我一起長大的嗎？她一定會實現夢想，成為獨當一面的漫畫家，我會常常聽她抱怨工作的事情，然後笑她居然煩惱漫畫煩惱到長出了皺紋，多了幾根白頭髮。我們會變成囉嗦的大嬸，變成頑固的老婆婆。就算沒有牙齒了，我們還是會說著只有彼此能聽懂的貓貓語，然後笑彼此肉麻又幼稚……

現在，這些都不可能實現了嗎？

「……為什麼，你們都哭得出來呢？」

我突然覺得好累好累。

沒能跟苡真她們再解釋些什麼，我拖著沉重的腳步走到了圖書館，癱坐在平常的那個位置，陽光從一樣的角度照進來，秋風吹起了窗簾。

桌子上有幾道被劃到的痕跡。

這裡面，會不會有可蔚因為太認真畫畫，不小心劃破紙留下的筆跡？

每天午休，我都靜靜摸著桌子上那些小小的刮痕，靜靜地等，等著知道我會在那個位置等她的人。

可惜，我等待的人一直都沒有來。

169 × 168

第十四章 憤怒的素描

對當時的我來說，「死亡」這件事實在太抽象了。

永遠無法見到對方。永遠無法再和她說話，永遠無法再聽到她和我說話。

除了這些「無法」之外，我總覺得還有更多東西消失了，被剝奪了。

某日，我在圖書館等待不會再出現的她的時候，想起了《海之聲》的封面。

我拿出了紙筆，按照記憶將大致的線條勾勒出來。

《海之聲》到底是一部關於什麼的漫畫？

兩位主角是怎麼樣的個性？他們是怎樣相遇又是怎樣分別的？封面為什麼這麼清新又這麼哀傷呢？故事呢？氛圍呢？也是和封面一樣難過嗎？題目又為什麼叫《海之聲》？場景在海邊嗎？又或者海只是象徵？

那時候我為什麼沒有多問一點呢？

如果我多了解一點的話，是不是就能幫妳完成了呢？

我開始嘗試動筆畫《海之聲》。

要是無從得知可蔚當時構思的故事的話，至少要能畫得像她一樣吧。

我剪下報紙上的美術教室招生廣告，問媽媽：「我可以用存下來的壓歲錢，去上素描課嗎？」

「筱榕，妳喜歡畫畫嗎？」

媽媽平常總是鼓勵我想做什麼就做，現在，卻充滿擔憂地望著我。

「我真的很想學。」

她本來好像還想再說什麼，後來卻只是淡淡一笑。

「那就去嘗試一下吧！」

第一堂課，靜物。

最入門的幾何體石膏。十字圓錐體與圓球。

「妳好像很憤怒呢。」

素描老師看了我的草稿，微笑著摸摸我的背。

老師的膚色是健康的小麥色，一頭挑染過的大捲髮以灰藍色的頭巾綁起，搭配大大的復古金屬浮雕耳環。

直爽又性感的美人老師，對其他同學都是大手大腳，靠近我的時候卻非常非常小心，非常非常溫柔，好像我是誤踩了捕獸夾，弄斷了腿的流浪貓。

憤怒？為什麼老師會這樣問我呢？明明我跟旁邊的同學們一樣，畫的都是白色的石膏，圓形的線條還占大多數。

石膏也會憤怒嗎？

為什麼是「憤怒」而不是其他的情緒呢？

「這是不好的意思嗎？」我問。

老師笑。還是非常輕柔，像對待一個傷患似的。

「不會。這就是妳啊。」

我旁邊的大姐姐已經在畫人體模特兒了。

大姐姐的神情和筆觸，很像我記憶中的可蔚。

「老師，我可不可以學那種的呢？細細的瘦瘦的風格。」

老師看起來有點為難。

「細細瘦瘦的嗎？」

「嗯。」

老師笑得有點苦澀，好像看穿了我的什麼似的。她拿起一旁的美工刀，並拿起一枝鉛筆，輕柔地開始示範。

「那麼，我們從削鉛筆開始吧。」

老師堅持要我們用美工刀，一刀一刀地削好鉛筆。

有些同學偷懶，在來畫室之前就偷偷在家裡用削鉛筆機削好均勻而銳利的筆芯。老師總是一面苦笑，一面要同學重新來過。

「這也是畫畫的一環。你的筆芯決定了你要畫怎麼樣的線條。」

我老是削出又粗又歪的筆頭，還經常用力過度削斷了筆芯。

筆芯總在我的指甲和紙節上留下了黑黑的痕跡。

如果，可蔚存在的痕跡，也能這麼非黑即白就好了。

過了好一陣子，我終於能自己削出細長的筆芯，還常常被幾個愛偷懶的同學要求幫忙「補刀」。

「拜託了筱榕。沒有要全部丟給妳，幫忙削幾刀就好，不然我們怎麼削都會斷。」

素描畫著畫著，某天。

「筱榕，這張水彩裡面的百合是妳幫忙畫的嗎？」

老師指著學長差點沒能畫完的水彩畫。其實我只有幫忙兩、三筆，沒想到這麼快就被眼神銳利的老師發現了。

本來以為要被罵了，結果老師只是摸摸我的頭。

「用色很有趣呢，原來妳看到的世界是這個顏色的嗎？要不要轉主修水彩？」

我拒絕了。

我還是想在黑白色的世界，再更進步一點。

再更努力，靠近可蔚一點。

那樣對我來說，就足夠了。

又一個某天，我看著畫冊第一張被老師說「很憤怒」的那張靜物，再看自己最新畫的一張。

好像是時候了。

終於可以畫出，記憶中的可蔚的筆觸了。

✎ ✎ ✎

我到文具店，非常謹慎地挑了一本深藍色的畫冊。

我在第一頁寫下大大的「海之聲」三個字。

時間到底過去多久了？

我的筆跡，居然，能這麼接近可蔚了啊……

我的手停在畫紙上。雖然我的心情很激動，但我握著鉛筆的手非常穩定。

終於，終於能為可蔚做點什麼的感覺。

終於。終於。

然而，真要動筆的時候——

我居然什麼也畫不了。

並不是記憶太模糊畫不出來，而是我真的畫不了。

我的筆觸明明更靠近可蔚了。線條、構圖、輕重、光影……都是照著可蔚的風格，一路努力到現在的。

但我依然不知道《海之聲》是一個什麼樣的故事。

我可以擅自解讀嗎？我可以任意虛構嗎？我可以就這樣自居「作者」代替可蔚嗎？就算我再怎麼以可蔚的影子自居，影子終究只能是「影子」啊。不是很早以前就知道了嗎？在我們一度冷戰那時候，就約定好不能再犯這樣的錯。要是我把自己當成可蔚的「仿冒品」，只會傷害我自己，也會傷害可蔚的。

我的腦袋打結了。

我陷入了一片混亂。而後，一瞬間湧上的是——

深沉的孤獨感。

她的筆是另一個宇宙，我無法續寫，任何竄改都是狂妄自大的行為。

可是，如果連我也不動筆，這個故事就要像可蔚一樣永遠死去了嗎？

難道，真的沒有任何可以能為她留下的痕跡了嗎？

正當孤獨將我吞噬時，我才驚覺——

可蔚的生日，是十月底的哪一天？

可蔚最喜歡的是什麼顏色？

可蔚最愛吃的點心是什麼？

可蔚的畫風，真的是我記憶中的那個樣子嗎？真的是我現在畫出來的這個樣子嗎？

可蔚……可蔚……

「筱榕！妳在幹嘛？」

媽媽突然拉住我的手。

回過神來，我才發現，削筆削到一半的我，居然不知不覺用美工刀在自己的左臂上，刻下了可蔚的名字。

媽媽哭得很難過。

後來，我就再也沒有去上素描課了。

「吳筱榕大笨蛋！大壞蛋！」

那天晚上，可蔚出現在我的夢裡面，瞪著大大的眼睛，捏著我的左手。

她沒有罵出聲，但我太清楚她每一個表情的涵義了。

本來很生氣的她，看著我手臂上刻劃的她的名字，漸漸悲傷了起來。

我連忙解釋。

「……對不起，我並不是想要傷害自己，我只是……只是……」

我只是太害怕忘記妳了。

我已經無法幫妳完成什麼了，要是沒有在我的身體上留下一些什麼，妳就會像沒有留下什麼一樣……

像未曾存在過的人一樣。

✎✎✎

升上國中，第一次做健康檢查。

表格上寫著我是O型的時候，我幾乎快要站不穩了。

「可蔚，我……居然真的是O型……」

我在夢裡和可蔚說起這件事，她依然只是悲傷地看著我。

「一點點……一點點就好……拜託了，讓我回到那時候，讓我把一點點血給妳就好了……讓我為妳做一點什麼吧……」

我緊緊抓著她的衣袖。

夢裡的可蔚總是沒有說話。

她總是停在我最後一次見到她的樣子。

很快的，我就超過了她當時的身高。

每次夢見她的隔天，起床刷牙時照見鏡子，我都感覺自己特別的老。

我無法為她留下些什麼。

很長的一段時間我都活在這樣的自責裡。

然後，我再也沒辦法畫畫了。

我既無法畫出可蔚的東西，也早已遺忘了我自己的東西。

偶爾，我會想起當時在後走廊，總是有說不完的故事，畫不完的創意的我們。

那些故事，都隨著《海之聲》，隨著可蔚，消失不見了。

第十五章　重逢

「算起來……已經是二十年前的事情了？」

見我沉浸在回憶中好久好久，媽捏了捏我的手。

我回過神來，這才想起自己還在收拾這三十年來陪我長大的書房。

啊，那時可蔚和我才十歲嗎？

我笑了笑。「是啊，是二十年前的事情了呢。」

和可蔚相遇、相知的時間，其實只有兩年多。

但對當時十歲的我來說，她佔據了我生命的五分之一。

所以，用我餘生的五分之一來思念她，應該不為過吧。

「是害怕忘記嗎？」

媽溫柔而小心地探問。

害怕嗎?

一開始確實是吧,就像曾經那麼強烈的憤怒一樣。

害怕、憤怒、不解……這些情緒佔據了我的心中許久。

但後來,關於可蔚的記憶,她的聲音、她的笑容、她的創意、她的筆觸……所有的細節,漸漸轉化成——

✎✎✎

「可蔚,我今天在學校寫的作文被稱讚了!」

不知道是第幾個夢見可蔚的夜晚。

高二下,我幾乎停止長高了。

而可蔚的身高停留在當年,只到我的肩膀附近。

「學校老師說這次題目自訂,我差點就要交白卷了!……說起來真是諷刺,小時候我總是胡思亂想,要我寫學校規定的一定撞牆,現在的我反而只會寫制式的東西了……」

她依舊沒有說話，依舊只是笑笑地看著我。

「妳也知道，我很久都寫不出東西來了。我想了很久，在稿紙上塗塗改改，越寫越覺得，我好像只有一件事想說——」

我拿出那篇作文。

「……我第一次，嘗試寫下和妳相處的那些回憶……我想說，假如什麼都寫不出來的話，就把想對妳說的話都寫下來吧……不知不覺，就寫了好幾千字……」

說著說著，感覺情緒波動了起來。我硬擠出笑。「哎呀，跟妳約定好不能哭的……哈哈。」

夢裡面，可蔚笑著看完了那篇作文，但她沒有收下。

「可蔚？妳不帶走嗎？這篇是為妳寫的，我想送給妳。是不是哪裡寫得不夠好？」

夢中我是如此地急切想要確認她的回應。

然而，她一如以往般，神秘而憂傷地離開了我的夢境。

雖然夢中的可蔚沒有收下，但那則短篇小說就像一把鑰匙，慢慢打開了封藏在我心底的那些故事們。

雖然沒能再重拾畫筆，但我開始將故事轉化為文字。我寫下一篇又一篇，想分享給她的故事。

彷彿回到小學三年級。那時，我總有說不完的故事想要告訴她。

升學的過程中，每間學校的設施配置都不同，但只要一進到圖書館，我就能放鬆下來。

每當微風吹進，舊書和乾燥劑的味道混雜在一起，總是會想起我們膩在一起說故事的那段時光。

她會因為怎樣的情節而笑，因為怎樣的對白而感動，因為怎樣的人物而嚮往……

她的想法就算沒有化成話語，沒能重現，我都記得。

帶著那些故事，我考上了戲劇系，並決心把當年還來不及說給她聽的故事，都一一寫下——

一開始是這麼想的。

結果！

戲劇系跟我想的不一樣啊！

鋸木頭、爬梯子（老師我有懼高症啊啊啊啊啊）、跑五金行……與電鑽、釘槍、板手、色紙、針線、布剪等工具朝夕相處……

要到什麼時候才能獨當一面啦！

滿頭問號但根本沒時間思考，每天都累得連手指頭都抬不起來，一回到宿舍就昏睡了。

可能是因為過於疲累，我好久都沒有夢見可蔚了。

「今天，要請大家做一個非常難也非常簡單的練習。」

表演課，老師趁著大家暖身時解說。

「無實物表演——大家都還記得吧？沒有杯子，但假裝拿起杯子喝水；沒有門，但假裝開門——只要你代入動作，建立規則，觀眾就會相信。」

老師在教室中心設置了一個簡單的表演區。

一張桌子，兩張椅子。

一盞黃色的聚光燈，照著正中心。

除此之外，什麼都沒有。

「不依賴台詞，不依賴道具，不依賴動作。只有眼神，只有呼吸。」

老師一面說明著規則，一面要大家打開想像。

「等一下，請每一位同學輪流坐在椅子的一端，想像出另一個對象，坐在另外一端。記得，不要有任何刻意的動作或話語——這次，請大家忘記自己在『表演』，只要非常專心地看著你想見的那個人……」

前面好幾個天賦異稟的同學都「失敗」了——或者，應該說，都還是有「演戲」的感覺。

怎麼樣才能「不演」，又被看見呢？

眼看就要輪到我了，腦袋還是一片空白。

要做怎樣的表情，怎樣的姿態，才能在沒有台詞，沒有道具，沒有動作的狀況底下，讓老師和同學看見一個假想出來的人物？

我的胃又開始翻攪起來，緊張到指尖的微血管都跟著心臟劇烈跳動著。

我上台坐下，但依然什麼都想不起來。

突然，先是手有了知覺。

不只一次。在如此緊繃高壓的時候，我的指尖總是會先回想起那雙握起來稍顯冰涼卻令我安心的手。

然後，是熟悉的髮梢。

那綁得高高的馬尾，在暖黃的燈光下，閃耀著一絲的咖啡金色。

『喵。』

聽到了十多年來都沒能再聽見的聲音，我的喉嚨彷彿哽住了一千根刺一般。

隔著那張什麼都沒有的桌子，旁邊擺著的那張原本什麼都沒有的空椅子上面，出現了可蔚。

她就坐在那裡。

她的眼睛笑成兩道彎月。

她的左臉有酒窩，右臉沒有。

眼淚一直在眼眶裡打轉著，但沒有流下來。

這次，我也跟著她笑了。

曾經，我那麼用力地尋找她存在的痕跡。

用力到，我一度忘記了自己。

然而，她一直都在。

她存在在我每一次呼吸，每一次轉身，每一個思緒中。

只要我好好地看著她，好好地感受她。她就在那裡。

不知道過了多久，台上的燈光慢慢暗了下來，我才終於回到了現實。

同學們都流淚了。大家都說不知道為什麼，但就是流淚了。

下課前，老師緊緊抱了我一下。

「我隱隱約約感應到了喔。是妳非常非常想念的人吧。」

「嗯，是一個非常可愛的女生喔！」我笑。

又過了好多年，在三十歲這年準備搬離老家時，翻到了當年因為妳才開始畫的漫畫。

歪歪扭扭的線條裡，有一道非常非常輕，由妳當時幫我補上的一條虛線。

我曾經緊緊握著那條虛線，不肯放手。

我曾經以為那樣才是追憶妳最好的方式。

那天深夜，久違地在夢裡，又見到了妳。

妳抱著當年我無緣看完的《海之聲》。

我現在終於明白，為何多年前我在夢中想要把那篇小說送給妳的時候，妳沒有收下。

就像我的故事妳無法帶走一樣，妳的《海之聲》我也無法替妳完成。

但，那並不表示妳消失了。

不必用任何外在的事物證明，妳一直都在我的記憶裡。

一直，陪著我長大，陪著我老去。

妳緊緊抱著我。

這次，我終於放心地流下眼淚。

一定有另一個宇宙，《海之聲》在那裡透過妳的手完成。

（全文完）

番外一 斷線，公主大人請不要這樣

灰塵，蜘蛛網，霉味。月光也透不進的地牢，連老鼠走過的聲音都沒有，卻總是能感受到監視的視線。

「喂！裡面的！站好！」

遠遠傳來吆喝聲，令我站直身，動也不敢動。

嚴刑逼供？貶為奴隸？還是被滅口？

我緊閉雙眼，不敢面對。

「嗨！又見面了！」

宏亮又溫厚的中音，一點點沙啞，但真的只有一點點。是少年還沒變聲之前嗎？不，應該是——

女生？

我小心地睜開眼睛，發現眼前是一個比我高一點點，看起來年紀和我差不多，卻和我有著相反形象、氣質的女孩子。

即使在黑牢中，都能看得出她的衣著有多麼華貴。亮紅色的洋裝，以金絲點綴著綢緞，卻一點也不俗氣，反而更能感覺到她的大器、直爽。

和我一頭毛躁又脆弱的短捲髮完全不同，她的頭髮烏黑而柔順，高高地紮起，直直地傾瀉而下。

「妳還要抓多久？」

一雙黑白分明的大眼瞪著我，我這才發現自己不知從何時起握著她的髮束！

「無禮之人！」

一名守衛拔劍，我嚇得縮回手。

「等等！」

長髮女孩喝止守衛後，直直盯著我，久久沒有說話。

我想起來了。

雖然只有這幾天的記憶，但我隱約察覺到自己本來並不屬於這個世界。

語言雖然是相通的，但我似乎有著和這個世界不一樣的生活習慣、節奏。看見馬車，我總覺得好像有更為快速且不需仰賴動物的移動方式；看見帶著刀劍的騎士，我總覺得日常應該是更加平淡，根本不會看見武器的。

我和這個世界不僅是外觀上的格格不入，而是有著更多根本性的違和感。我確信這個世界是一個陌生的「他處」，但卻沒有來到這個世界以前的記憶。

好幾天都沒能吃東西，也沒有地方歇腳，腦袋一片混亂又身無分文，真的是迫不得已，才會想趁市集裡的攤販們不注意時，偷拿一點食物。

沒想到，還沒成功填飽肚子，就先被那高高紮起柔順的長髮所吸引。

在陌生而未知的世界，那個背影卻給我很熟悉的感覺。

這個人，到底是誰？

守衛嘗試將她拉離我身邊。

「公主！就算對方也是小孩，也是來路不明的人啊！」

等等，他叫她「公主」？

從她的打扮、排場，我知道她是有相當地位的。

但，公主？

她吩咐守衛們按兵不動。而後，她慢慢地重新靠近我。

「要給妳什麼『處罰』呢，妳竟敢打斷我籌備了那麼久的行程。」

幾秒前發現她是「公主」時，我就放棄了。啊，我居然一個不小心冒犯了這麼位高權重的人。再見了，這個我幾乎一無所知的世界……

「就罰妳貼身服侍我吧！」

「咦？」

她牽起了我的手，大步走過比我還訝異，就快吐血暈厥的守衛群。

「全年無休、全日無休，每分每秒都要跟在我身邊喔！」她得意地補充。

就這樣，開始了我被這位公主「握在手裡」（各種層面的意義）的日子。

這是我第三十九次停下來催促，而我們才剛到達今日的目的地——市集。

「走快一點啦！這樣下去你要改名『老楊』了啦！」

威爾弗里德・楊，父王最信任的伯爵，也是我的家庭教師（我戲稱為「小楊」），氣喘吁吁地想要跟上我。

「公——」

瞪了一眼差點說溜嘴的老師，他才趕緊改口。

「『小姐』，走慢一點是為了妳的安全啊。妳再三要求王室侍——咳咳，我是說，『保鑣』，不能走在旁邊，只能遠遠地暗中保護妳。妳走那麼快，要是有什麼萬一，他們該如何應對呢？」

「老師，小狀況我都能自己『排除』。」

「『小姐』雖然從小學習防身術，但要是有人持武器想要綁架、挾持、威脅妳……」

「老師，看看周圍的人吧，大家都忙著做生意，努力讓自己和家人三餐無虞，沒有人有心思去陷害誰的。」

「好吧，就當如妳所說，市集並不危險，但妳也不必特意來這裡吧。妳想要什麼東西，王宮——我是說，『妳家』，都能輕易取得啊。」

老師說得對。如果只是想要「物質」的話，我根本不需要來這裡。

見我沒有回答，老師又沉浸在自己的碎念世界。

「妳說這是妳十歲生日唯一的心願，國——啊嗯，妳的『父親』才答應放行的。妳到底想要什麼樣的稀世珍寶，才特地微服出——『出遠門』呢？」

「『稀世珍寶』嗎？哈哈，是啊，我——」

話還沒說完，就意識到有人碰到我的髮尾。

一回神，這位『不速之客』已經被我反手制伏，壓倒在地。

這還是第一次有陌生人這麼靠近我，我卻毫無覺察。

我感受不到對方一絲一毫的敵意，連一絲雜念都沒有。

「公——『小姐』啊！」小楊老師焦慮地快要哭出來了。「我就說『外出』是一件非常危險的事情了！幸好妳沒事！等一下王室——『保鑣』就會過來抓走這個歹徒——」

歹徒？我不禁笑出聲。

被我壓制的這人，是一個比我瘦小許多，看起來不怎麼起眼的，男孩子吧？似乎是流落街頭一陣子了，但他身上所穿戴的衣物材質和設計有點奇特。一頭捲捲亂亂的短髮，隨著他掙扎的動作左搖右擺的，像一隻不情願的捲毛貓。

是想偷走我頭上的飾品去換錢嗎？但未免太缺乏經驗了。

「你再掙扎下去，會被我扭斷骨頭的喔。」

本想稍稍勒緊，嚇嚇他。

怎知，我的手臂一收緊，就好像碰到了——

她是女生嗎？

那她怎麼會這樣打扮？女扮男裝？還是，外國人？

她開始辯解。

「對不起、對不起，我沒有要傷害妳，只是，頭髮——妳的頭髮——明明沒有見過那麼漂亮的，卻好像在哪邊見過……」

欸？怎麼昏過去了？是我勒太緊了嗎？

我連忙放開她，查看她的傷勢。

轉瞬間，卻傳來她小小而平穩的鼾聲。

「睡著了嗎？這臭小子！居然還有這種閒情逸致？」

老師正要衝過來，我立刻阻止了他。

「老師，不是男生的『他』，而是女生的『她』喔。」忍不住失笑出聲：「總覺得，接下來的日子會變得非常有趣！」

小楊老師打了個寒顫。「我突然有點同情這位笨手笨腳的小偷了……」

怎麼說呢，雖然我不想一輩子被關在黑牢裡，但現在這個情況——

「轉一圈我看一下！哇！果然墨綠色也很適合妳！再換這件淺藍色的——」

我已經換了不下十件洋裝了。不是鑲著珍珠寶石，就是金絲銀絲縫製；不是剪裁獨到，就是織工精細。再怎麼不了解這個世界，也能推測到，萬一不小心弄髒、毀損了任何一件，我就是被人口販子賣掉也未必能償還。

是不是乾脆被關在地牢裡，還比較單純呢？

「公主大人，因為您說這個國家的女孩子都一定要留著長髮和穿著長裙，才勞煩您『暫時』借我一件『不要』或是『穿壞』的裙裝。但這些都看起來太奢華了，我——」

「妳現在是拒絕服從我這個公主的命令嗎？」

「……我不敢。」

我正要換穿下一件時，公主卻掀起了更衣間的布簾。

「哇！」

我嚇了一跳，趕緊躲到一件被掛起的洋裝裙襬後面。

「對不起！忘了先問妳換好沒有再進來！」

明明我們都是女生，為什麼我會這麼緊張？還有這位公主，為什麼欲言又止啊？

她一面道歉，一面避開視線，卻沒有要出去的樣子。

「……瘀青……很痛嗎？」

她不說我還沒注意到，早上被她勒住的地方，居然微微瘀血了。

「抱歉，我從小就被訓練這樣反應了……明明妳是沒有敵意的……」

咦？一直在捉弄我的公主，居然道歉了？

我隨手撈起了一件最輕便的洋裝穿上。

「不用道歉啦。我是陌生人耶，大力壓制住我是對的！」

「也是，就算妳沒有敵意，『想摸一下頭髮』聽起來也像需要被逮捕的變態。」

「欸！今天是例外好嗎？我本來才不是這種個性！」

「那妳本來是什麼個性？」

她突然抬頭看我。

明明我已經穿戴整齊了，她的臉頰卻比剛才不小心闖進更衣室還要紅。

她偏過頭，刻意有些毒舌的。

「妳喜歡這件嗎？但這件是我衣櫃裡面最樸素的，我連睡衣都不會穿這種。」

我看了看鏡中的純白色素面洋裝。鏡子中，我的臉也紅紅的。

「公主，準備就寢了。」外頭傳來侍女長催促的聲音。

「剛好，就送妳這件當睡衣吧。」

她轉過頭去，以為這樣我就看不到她的表情了，但氣派而華麗的連身鏡裡，映著我們紅透了的臉頰。

「拜託！讓我睡地板！拜託！」

在市集被我抓回來的那個女孩，緊緊巴著門不敢靠近，彷彿我會吃了她一樣。

「睡地板會感冒啦！」

方才在更衣間，還莫名覺得有一些侷促緊張，結果一回到寢室，就被她的反應逗笑了。

「哪有侍女會和公主睡同一張床的啦！」

「妳是『貼身』侍女啊。要是有刺客跑進來想要暗殺我，妳不保護我嗎？」

「妳身手這麼好哪需要我這個運動白癡……」

「妳再不配合，就要耽誤到我的就寢時間了！」

「妳還是讓我回去睡地牢啦！」

她的臉一陣紅一陣白，一陣青一陣黑，又害羞又緊張又焦慮的模樣，卻害我笑到肚子都痛了。

「這是公主命令！」

平常我是不會拿身分地位來威嚇別人的，但她的表情真的太好玩了。

只見她不情不願卻又無可奈何地走過來，僵硬地側倒在床的邊沿，像隨時要掉下去一樣。

「我如果流鼻血一定是妳害的……」

不顧她還在那裡嘟囔著，我把被子蓋在她身上。

「妳叫什麼名字啊？」我問。

「我不記得了。」

「啊？妳有失憶症嗎？」

「沒失憶也被妳嚇到失憶了吧……」

「睡過來一點啦，妳會掉下去的。」

她沒答話。

一會兒，她乖乖地向我靠近了大約幾吋的距離。

「叫妳『小榕』好不好？很小的小，榕樹的『榕』。」

「為什麼？」

「嗯……就覺得我如果養木頭色的貓，會幫她取這個名字。」

「貓？我哪裡像貓！而且什麼叫『木頭色』啊？」

她怎麼可以有這麼多表情呢。

「妳也不要再叫我公主大人了啦，我也有名字的。」

「遵命，『公主大人』。」她故作淡漠的樣子。

我故意抓住她，不讓她看其他的地方。

「我叫可蔚。可人的可，蔚藍的蔚。」

本來以為她又會像剛才那樣扭來扭去吵吵鬧鬧的。

怎麼知道，我才說完，她就流下了兩行眼淚。

「怎麼了？哪裡不舒服嗎？」

我著急起身，點亮煤燈，怕是我早上打傷她的地方惡化了。

她搖搖頭，看起來很困惑的樣子。

「不是……奇怪，我也不知道為什麼會這樣……糟糕，為什麼會突然一直掉眼淚，還停不下來……」

她看起來真的太傷心了，害我的心也揪得緊緊的。

我握緊她的手，希望能讓她好過一些。

「喵……喵……沒事的……」我小小聲在她耳邊說：「我在這裡喔。」

連著幾日「侍寢」，以為自己已經心如止水。

「還是讓我回地牢吧！拜託！」

我牢牢抓著門板，打死都不想再靠近那位腹黑公主了。

「妳到底為什麼一天到晚吵著要住地牢啊？快點過來啦，我又不會吃掉妳。」

不不不，這種話從妳口中說出來一點說服力都沒有！

偌大的王室浴池，水面飄著朵朵玫瑰花瓣，香氣瀰漫，氤氳繚繞。

如此浪（煽）漫（情）的場景，放我們兩個小朋友在裡面，真的合法嗎？

「妳是要乖乖過來，還是今天晚上再試穿二十件禮服給我看？」

「……我現在就過去。」

深呼吸一大口氣，捏起浴巾的一角，將手臂伸到最長，盡力讓身體的其他部分遠離一些。嗯，這樣就能以最少接觸範圍，度過這個環節了。

我在浴池邊呆站了一陣子，卻不見她靠近。

正感到疑惑時，只穿著內襯的她突然出現在我面前！

「哇啊啊啊啊！」

我緊閉雙眼，丟了浴巾就想逃，卻感覺到自己的裙襬被拉住。

「小榕！妳先不要跑啦！妳也快點脫掉！」

「為什麼我也要脫啊？」

「快點啦我很冷！」

「妳很冷就快點進去熱水裡面嘛！水池在那邊，妳不要一直過來啊！」

「妳不要再大叫了，會被外面聽到的！」

「被聽到很好啊！讓其他人知道這裡有一個公主正在虐待童工啊！」

就算沒睜開眼睛，也能感覺到我背後扣子全被她解開，整件外衣被她拉走，頭巾也不知不覺就消失了。

「嗚啊！」

我是怎麼淪落到這一步的？流落街頭的時候雖然三餐不繼，但至少心臟不會這麼痛！就算都是女孩子，這樣還是非常不妙吧？侍女長分明說過，公主向來都是自己沐浴更衣的，今天才突然改成要我服侍？又為什麼這麼堅持要我也脫啊？到底是這個國家的問題，還是公主有什麼不可言說的……嗯……喜（怪）好（癖）？

正當我覺得要完蛋的時候，她幫我套回外衣，扣回鈕扣。

咦？

我摸摸後背，確認所有的扣子都緊扣著，就連頭巾都綁回來了。鼓起勇氣睜開眼睛，發現她不再衣不蔽體（？），還非常紳士（？）地舉起雙手，站得遠遠的。

明明應該要鬆了一口氣，卻總是覺得哪裡不對勁。

「好了，我們出去吧。」

她笑瞇瞇地做了一個「請」的手勢。

奇怪，前面這麼大陣仗，結果就這樣放過我了嗎？

為什麼有種，嗯，失望的感覺？

等等，我幹嘛要期待落空啊？「什麼事都沒發生」才是正確的吧！

我們才剛踏出浴間，侍女長就過來牽住我的手。

「公主，再不出發恐怕要遲到了。」

啊？侍女長在說什麼？

剛才被滿滿的水蒸氣遮擋住沒看清楚。定睛一看，才發現可蔚公主穿的居然是我的衣服！而我，正穿著鑲滿寶石的洋裝！

還沒能開口說什麼，就被眾人推上了馬車。

在車伕關門之前，可蔚塞了一張小紙條給我，並對我做了一個「噓」的動作。

「路上小心喔！『可蔚公主』！」

我從馬車中，看著可蔚「本尊」燦爛地笑著，揮手向我道別。

欸不是，現在到底是什麼狀況啊？

✎✎✎

如我所料，大公爵在市集裡一間看起來不起眼的當鋪，偷偷和非法買賣違禁品的奸商交易。

在我翻牆取得物證後，小楊老師也趁機收買了幾位證人。

人證、物證到齊，等父王回國，就能揭穿大公爵的真面目了。

「公──『小姐』啊，原來妳之前吵著要來市集，是想來蒐證啊！」

回程，小楊老師對我的計策仍舊讚嘆不已。

「是啊，還特意偽裝成生日當天想要瘋狂購物的任性公主，以免打草驚蛇。」

「哎呀！是誰教出來的學生啊！這麼優秀～」

老師笑到嘴角都快比耳垂高了，旋即卻嘆了一口氣。

「唉，那天要不是那個小偷突然跳出來，打亂妳的計畫，妳今天也不必大費周章喬裝打扮了。」

「我倒是覺得滿好的。捕獲一隻『小貓』之外，還能請她代打應酬。」

「什麼應酬？」

「溫里克家族的千金啊，每年這時候都會辦午宴。你不是也有教過她？」

「喔，苡真啊，她父親確實很愛辦這種活動──」老師突然臉色一變。「等等，什麼代打？妳找誰替妳出席？」

「就是市集帶回去的那個女生啊。」

老師突然臉色鐵青地抓住我。「現在快點去把她換回來！露出馬腳就完了！」

「沒事啦，我們意外地在某些角度滿像的呢，連侍女長她們都沒發現。」

「不！今年鄰國鄭弗奈亞的公主也會來。要是被她發現我們的公主是冒牌的，小則斬殺現場負責的僕役，大則演變成外交危機啊！」

「怎麼會邀請那個小暴君啦？」

「走吧！以免妳新養的小貓被剁成狗飼料啦！」

急著動身，卻沒有交通工具。

為了低調行事，今早我是跟著運送貨物的馬車出城，再徒步走到市集，同行夥伴也只有小楊老師一人。

我正想衝往市集中心富商們租借馬車的地方，卻被老師阻攔。

「不行！這裡還是大公爵的勢力範圍！我們兩個一臉外地人的樣子，要是在這裡突然拿出一大筆現金，會引起不必要的注意的！」

「可是——小榕她——」

「萬一驚動大公爵，讓他趁機隱藏證據或是逃跑，就前功盡棄了！難道妳要為了一個認識不過幾天，不知道哪裡來的女孩子，放棄一網打盡惡徒的機會嗎？」

老師說的我都知道，但我也不明白為什麼。

起初只是想著，既然步調被她打亂了，就將計就計帶她回去，另行擬定了今日的「替身」策略。

明明只是暫時相處的關係，明明今天以後就不再需要她了。

為什麼，總是給我一種很熟悉的感覺？

熟悉到，好像我們已經認識了很多年；熟悉到，有時會覺得心底酸酸的，好像我們錯過了什麼？

心急如焚的我，好不容易在近郊，找到了一間私人經營的驛站。

一路上，我都在祈禱著。

顧不得還是扮裝的狀態，馬車一停靠，我便衝進會場裡。

在迷宮般的花園內，我拚了命尋找小榕的身影。

不知道兜了多少圈，轉過多少彎，終於聽到她的聲音時，一走上前卻看見——

她居然被那個小暴君緊緊抱在懷裡？

什麼嘛！

跟在我身邊時，老是不情不願的。現在一下子就跟別人這麼要好？

別說被剁成狗飼料了，她根本受盡寵愛啊！

「啊，妳終於來接我了，公——」

小榕彷彿見到救世主似的，朝我飛奔而來。

我正準備提醒她，不要曝光我們兩人的身分，那個小暴君又突然抱緊她。

「不准走！啊我知道了，妳乾脆改當我們國家的公主，一輩子都跟我住在一起吧！」

小榕像平常那樣，可憐兮兮地哭著掙扎。「放開我啦，昕霓，我真的不想再跟任何一個國家的公主扯上關係了……」

她叫她什麼？

半天的時間，她已經直呼人家的名字了？

實在看不下去了。

就算都是女孩子，大白天就這樣摟摟抱抱，還是有點失禮的。

「鄭弗奈亞國的公主您好，我是『可蔚公主』的貼身侍女。」

我一手勾住小榕的手，一個轉身借位後，就站進了她們兩人之間。

「實不相瞞，『公主』昨晚就有點頭痛，應該是受了風寒。您看看她，臉色如此蒼白！再不回去給御醫診治的話，恐怕會出『大事』！」

我一面找藉口脫身，一面以眼神向小榕打暗號。

「對，昕霓，先讓我回去看醫生吃藥，我過幾天再去找妳——我是說，以後有機會的話——我是說，不管怎樣都放我走吧……」

我稍微握緊了小榕的手，她立即修正了說詞。

「怎麼這樣？」

小暴君本想繼續無理取鬧，此時，溫里克家的千金，也是今天宴會的主人，終於出來鎮場了。

「昕霓公主，接下來就由我親自接待您，好嗎？」

千金小姐果然不是省油的燈，一句話就讓小暴君鎮靜下來，並順勢將她引導至離我們較遠的那一側。

「那麼，就拜託這位看起來特別可靠的『侍女』，速速帶『可蔚公主』回去修養吧！」

看來這位已經看穿我跟小榕的真面目了呢，果然是小楊老師的愛徒啊。

回程，我越想越鬱悶。

第一次告訴她我的名字那天，她說不上緣由地流了一整夜的淚。

後來，每次想要逗她，問她要不要叫我的名字，都很害怕她會再次陷入無以名狀的傷心中。

結果，她居然先直呼其他國家公主的名字？

哈！「昕霓」？不知道的人還以為妳們認識很久了呢！

上了馬車，想著趁我們兩人獨處的時候，好好地說一說她。

「妳剛才——」

「嗚哇！嗚嗚嗚嗚嗚！」

我話都還沒說完，小榕就大哭了起來。

「妳怎麼這麼壞啦？也不問我意見，也不告訴我原因，突然把我的衣服脫掉，還叫我假冒妳！我都說我沒有以前的記憶了，也不清楚妳們這裡的狀況，妳還一下子就把我丟到那麼恐怖的場合裡面！妳知不知道，我緊張到胃都快抽筋了，還差點被那個霸道公主打包帶走！嗚嗚嗚嗚……我真的不想再這樣下去了……住地牢也好，放我回去街頭當小偷、當乞丐也沒關係，總之，請放過我吧！嗚嗚嗚嗚嗚……」

從早上暗中行動，揭發陰謀的緊繃感，到趕路時的擔憂，再到午宴令人無語的煩悶感……至今以來，我從未感受過這麼多心情上的起伏，更別說集中在一日之內。然後，隨著她一長串又怨又悲的哭鬧，所有的情緒突然都沉靜了下來，只剩下心中滿滿的、滿滿的——

甜蜜的感覺？

「喵。不要哭了好不好？」

我輕拍她的背，讓哭成一團，肌肉緊繃的她，慢慢躺在我的大腿上。

我拿出手帕幫她擦眼淚。她放鬆了以後，似乎不自覺地抬高了下巴，就像真的貓咪那樣。

「是我不好，就算害怕城堡裡會有大公爵的眼線，也應該要先跟妳溝通的。」

她終於慢慢不哭了。

「下次再這樣嚇我，我真的會逃跑的喔……」

「好，我以後絕對不會、絕對不會再讓小榕哭了。」我以額頭輕抵著她的額頭，並以我最細最輕的聲音和她保證。「今天是我第一次看到妳哭，也會是最後一次……」

城堡裡最近發生了很多大事。

國王回來之後，立刻整治了大公爵等人。

後來公主也向我解釋，之所以什麼都不告訴我，假借沐浴更衣之名，行交換身分之實，也是怕內部有大公爵安排的眼線。

到現在，我還是很沒有真實感。王室、陰謀、調查、關押……這些事情對我來說真的太陌生了。就算我沒有本來的記憶，我也知道這些不是我熟知的事物。

而公主她，卻是在這樣的時空長大的。

如果不是在此地，以她的個性，應該會更活潑、更愛玩、更有創意地做著自己想做的事吧？

那又會是什麼樣的一個世界呢？

可惜，我應該沒有機會知道了。

城內的大家正在歡慶。冰雪聰明的公主，以十歲這麼小的年齡，打倒了惡勢力。

而我，在各方面都不屬於這裡的人，既然已經配合公主，完成了我在整個計畫中的角色，這齣戲也該落幕了。

果然都是有原因的，哈哈。不然，怎麼會在市集撞見了就把陌生的女孩子帶回城堡？也不會每天要求她換上漂亮的衣服，一整天都黏在一起，就連睡覺都捨不得分開……

在我還不知道她的計畫之前，我就猜想過了，我不是最特別的那一個，也一切可能都是因為公主一時興起。

但，知道一切只是因為我「剛好」很適合她的計畫，「剛好」有利用價值的當下，還是很沮喪。

現在，我已經沒有利用價值了。

哎呀，我在感傷什麼啊？明明每天都在求她放過我。

與其在分別那刻哭哭啼啼，不如就悄然無聲地離去吧。

畢竟，也和她約好了，不會再在她面前哭了。

「妳今天不摸了嗎？」

那個將長髮高高紮起的女孩，不知從何時起，站在我和城門之間。

「妳……怎麼會在這裡……？晚宴那邊……」

「妳還沒有回答我的問題──妳不是因為我的頭髮才跑過來說想認識我的嗎？難道現在已經失去興趣了嗎？」

「啊？」

「如果還沒有的話，就不准走喔。不准偷偷離開。不准擅自決定我需不需要妳。」

她牽起我的手。

「而且，我還沒等到妳叫我的名字呢。在妳習慣我的名字之前，在妳不會突然之間流眼淚之前，絕對、絕對，不可以丟下我喔。」

她直直看著我，像能夠從眼睛看進我的靈魂那樣。

我的雙腳好像有了自己的意識，他們完全不聽我大腦的警告，自顧自地跟著她往回走。

輸了，我已經徹底輸給這個腹黑公主了。

但，這種感覺並不壞？

反而，嗯，怎麼說呢？

心底，就像吃完冰淇淋那樣，融化了卻一直感覺到，甜甜的綿綿的餘韻。

王宮上下忙成一團，就連腹黑公主也不見人影，似乎是有貴客來訪。

沒人理會我這個「編制外」人員。說起來到底是幸運還是不幸呢？除了愛指使我的公主之外，根本沒人對我發號施令，甚至還有侍女誤會我是公主的「客人」。拜託，沒有「客人」會像我這麼提心吊膽的吧？無時無刻不在害怕陪睡、陪洗澡等「驚心動魄」的行程，還常常被她層出不窮的鬼點子嚇到欲哭無淚。

她不在正好，我終於能好好休息啦！

在沒什麼人經過的走廊角落，我找到一扇能眺望遠方森林的窗戶，在那裡吹著風發呆。

正是清閒靜好的時刻，卻莫名有種，揪心的感覺。

好像，每當微風吹進窗內，我就會特別的想念她。

好像，我曾失去過她一樣。

啊啊啊啊，快搞不懂我自己了啦！被她纏住的時候，老是覺得自己緊張到胃都要嘔出來了，以為遠離她會好一些，心底卻酸酸苦苦的。

我到底是希望待在她身邊，還是不想待在她身邊呢？

最奇怪的果然還是那個了吧。嗯嗯。每次嘗試叫她的名字，就會泛淚。到底是為什麼呢？

既然找不出原因，就先想辦法讓自己免疫吧！

好，趁現在沒人，來練習叫她的名字。就算掉淚也要忍著！

「可、可……」

哇，我還以為趁她不在會比較容易，結果還是一樣困難嗎？第一個字都還沒完整發音出來，就快被不知從何而來的悲傷給淹沒了。

不行，總要試試看。再這樣下去就永遠都無法叫她的名字了。

不過，說起來也奇怪，我明明是很怕她的吧？為什麼光是想到「永遠都無法再叫她的名字」，會這麼痛苦呢？

「……蔚。可……可、蔚……可、蔚，可、蔚，可蔚……」

成功了！我成功把兩個字都唸出來了！

還來不及分辨這到底是喜悅、遺憾、苦楚、悲傷……這複雜的情感就突然被打斷了。

「妳為什麼一邊叫那個腹黑公主的名字，一邊在哭啊？」

一個從來沒見過的男孩子，劈頭就問我最不知道怎麼回答的問題。從他全身上下的行頭看來，想必又是哪裡來的王宮貴族吧。

自從上次被「小暴君」盯霓纏上後，我便下定決心了。遇到這些大人物，根本沒有什麼好猶豫的──躲得遠遠的準沒錯！

正想拔腿就跑，他卻抽出腰間的短劍。

「喂，我在問妳問題耶。妳為什麼要哭？是那個腹黑公主欺負妳嗎？但是妳穿著她最珍惜的洋裝，還在大家最忙的時候一個人在這邊偷懶。」

「我……我……」

「妳怎樣？支支吾吾的，只會讓妳看起來更有嫌疑。妳是臥底？還是刺客？」

被陌生人不由分說拿劍指著，不結巴才怪吧？！

我暗暗估算著從窗戶跳到地面的距離，雖然看起來會骨折或脫臼，但總比被刺死好！

正想賭一把的時候，侍女長就出現了。

是來救我的嗎？好感人啊！

「謝爾王子，您怎麼跑到這邊來了？公主還在等您談婚約的細節呢！」

婚約？

還沒搞懂侍女長的意思，她便一個箭步過來，要我向對方行禮。

「還不快點問好！這位是可蔚公主的未婚夫呢！」

啊？

* * *

我真的太生氣了。

上次是我太衝動，急著抓住大公爵的狐狸尾巴，沒調查清楚就把小榕送出去，導致她差點被那個小暴君拐走。

這次，我故意不讓她隨身服侍我，就是不想被謝爾王國來的粗魯男見到她。

為何我都這麼小心了，小榕還是被抓住了啊？

「新來的侍女？之前都沒見過耶。不介紹一下嗎？」

果然，粗魯男一開口就想打聽有關小榕的事情。

「言智．謝爾王子，我們王宮內人手眾多，沒見過是很正常的吧？那麼，事不宜遲，我們之前談到的——」

快點進入下一個話題吧！不要再打小榕的主意了！

「不能借我幾天嗎？總覺得她滿奇特的，怎麼說——啊！像『流浪貓』一樣吧，醜萌醜萌的。」

真是的！為什麼大家都會盯上她啊？就算一開始是「流浪貓」，也是我先發現的！知不知道我花了多少心血融化她，她才不再天天「炸毛」的？知不知道我耗費多少心力，才讓她卸下心防的？

我用盡心思，結果這些人一來就想搶走她？

我絕不允許。

當務之急是轉移小榕。我走到她身旁，假意吩咐她做事，實際上是要勸她快點離開。我故意提高聲量，讓整個房間的人都聽見，這樣，粗魯男才會早點死心。

「咳咳，嗯，妳就先回去我房間裡面吧，這邊人手足夠了，不需要妳——」支開她，然後專心對付粗魯男，分出高下後再跟她解釋也不遲。

「我不要！我要留下來！」

「小榕！」

奇怪，平常要她過來都扭扭捏捏的，現在要她退下卻不願意？

「喔，原來妳叫小榕啊。聽起來不像這裡人的名字，妳是外國人嗎？」

粗魯男一臉興致盎然的樣子。

我靠近小榕耳邊，悄悄地問：「妳不是不喜歡我黏著妳嗎？為什麼放妳獨處的時候又吵著要留下來？」

「因為！妳……」她大聲反駁，卻又瞬間收小了聲音，好像受到了什麼委屈一樣。

「我都不知道妳居然……我們還是小孩子吧？……婚……是怎樣啦……」

「什麼？」她在說什麼？詞語斷斷續續的，句意也不清不楚。

「……明明我應該要很開心的，妳走了我就自由了……」

「走？我什麼時候說要走？」

「喂喂喂！把『客人』丟在一邊，自顧自聊著悄悄話，有沒有禮貌啊？」

粗魯男又故意打岔。我正準備將小榕拉到一旁，請她說清楚，她卻氣呼呼地別過頭去。

「既然妳嫌我在這裡礙眼，小的這就退下了，『公主大人』。」

她拍掉我的手，生疏地向我行禮後，轉身就走。

「小榕，等一下……」

「欸，不准開溜。」粗魯男擋在我和越走越遠的小榕之間。「我們還有很重要的事情要談呢。」

「你！」

我耐著性子。要是我就這樣跟著小榕走掉，也只會讓他更想要接近小榕吧。

「也好，今天就把上次的結論好好地寫下來，兩邊都簽名就結束了吧，以免夜長夢多。」

「當然。」

我拿出契約。準備簽字時，瞥見小榕遠遠地躲在柱子後面，偷偷看著我們，然後傷心地跑走了。

她，是不是誤會了什麼？

這次我一定要走！

我一口氣脫掉身上這套昂貴卻笨重的洋裝。腹黑公主還說是她最寶貴的一套，她自己都捨不得穿但堅持要送我。

哼！誰稀罕啊！

我在她的房間裡翻來找去，卻怎麼也找不到我最初穿來這個世界的衣服。到底被她藏去哪裡了啦？

「妳怎麼只穿著襯衣？會冷吧？」

她開門跑了進來。

如果是平常，我會趕緊抓起一旁的衣服，或是就近拎條毛毯蓋住身體。

但今天，我已經沒空去管那些細枝末節的小事了！

「妳把我的舊衣服收到哪邊去了？」

「妳在生氣嗎？」

「妳先回答我，我的舊衣服呢？」

「妳先穿衣服好不好？我真的很怕妳生病。」

公主無奈地嘆了好大一口氣。我有點詫異。看她天不怕地不怕，腦筋又轉得特別快，竟然也會這樣鬱悶地嘆氣啊。

不行，不能被她動搖。

「我只穿我自己的衣服。妳不拿給我，不讓我走，我就冷死好了。」

「好，妳逼我的喔。」

她說著說著，便把她身上的披風、上衣、裙子也全解開。

「妳在幹嘛啦？」

「妳堅持只穿襯衣，說妳不怕生病嘛。那我也來。」

「不可以這樣啦！」

「為什麼？只有妳可以脫，我不能脫嗎？這我房間耶。」

「妳！」

她拉我坐在床沿後，靠著我坐下。

如果這時有侍女走進來，一定會覺得這畫面很荒謬吧。兩個只穿著襯衣的女孩子，坐在床邊在賭氣中，誰也不願先開口。

哼，就算看起來很白癡我也不會認輸的！今天我一定會堅持到底！看妳放不放我走？

「哈啾！」

聽見她打噴嚏，我想也不想就抓了一條毯子蓋在她身上。

糟了，我怎麼幾秒鐘的時間都忍不住！

她一個伸手，將我裹進毯子的另一邊。

真是的，為什麼我們年紀差不多，力氣卻差這麼多啊！根本無法掙脫！

「妳再動，冷風又會跑進來毯子內，我搞不好就真的感冒了喔。」

這是情緒勒索吧！

「啊！我不管了！投降了！投降了啦！」

聽見我哀號，她就笑了。

哼，果真是腹黑公主。

「可不可以告訴我妳在生什麼氣嘛？」

「誰生氣了？我哪有那種資格啊？妳是公主耶，要跟誰結婚什麼的，關我什麼事？」

「結什麼婚？」

「侍女長都告訴我了！妳跟那個王子的事情！我先說清楚喔，我是超級、超級贊成的！再說，公主本來就是會跟王子結婚的！哈！很正常嘛！只是，既然妳遲早要嫁去鄰國，總有一天就會不需要我了吧，那還不如……還不如……」

「不如怎樣？」

「不如……不如……」早點分開。可惡，為什麼我怎樣都無法完整說完這個句子啊。

我還在和莫名湧現的悲傷打架，她卻笑得更開心了。

「原來是吃醋啦！哈哈哈！」

「哈！誰吃醋？我為什麼要吃醋？」

「就是妳吃醋啊！唉唷，怎麼這麼可愛啦妳！」

她用力地抱緊我，並將毛毯拉緊了一些。我已經分不出緊緊包裹著我的是毯子還是她的手，只知道自己一動也不能動。

「我們今天是要簽約沒錯，但不是婚約喔。完全是公事公辦，針對大公爵事件的善後，並加強我們兩國之間未來的合作關係。只是侍女們都太興奮了，隨口八卦的而已。」

「幹嘛跟我解釋這麼多？」

「我可以現在就去跟大家解釋清楚喔。如果妳很介意的話。」

「我算哪根蔥啊？我有什麼好介意的。」

說是這樣說。但可能是因為毯子太厚重，又或是她抱得太緊，我有點缺氧了。

一瞬間放鬆下來之後，就一直打呵欠。

什麼嘛，還想趁機擺脫這位腹黑公主呢。結果，居然只是八卦謠言啊。

意識逐漸模糊的時候，好像聽到她輕輕地笑著說。

「我啊，是不會這麼輕易就放妳走的喔。就算要逼妳簽賣身契，也會把妳留下來的喔。」

✎✎✎

隔日，條約細項都交給父王審批過後，粗魯男終於要打道回府了。

「今天不藏了嗎？居然還讓她出來送行？」

見小榕站在我旁邊，粗魯男故意挑釁。我只是笑笑地回。

「今日一別不知何時再相見呢。多一點人來送別，熱鬧一點嘛。」

大概看我沒有積極防範，粗魯男居然得寸進尺，上前問小榕：「欸，她付妳多少薪水？我可以出兩倍甚至三倍的價錢喔。」

我伸手擋在他們兩人間，依舊笑笑的。「言智王子，小榕是非賣品喔。」

「我在問她又不是在問妳。不要總是自作多情代替她回答好嗎？」

我真的就快維持不住表面和平，捏扁這個白目王子了。

「那個……我有話想說……」

一向都很怕生的小榕居然自己開口了？

我拉住她，說明：「他開玩笑而已，妳不用跟他認真——」

她堅定地搖搖頭，對我說：「我沒問題的。我想自己解釋。」

什麼啊？不會真的被兩倍三倍的薪水誘惑了吧？

只見她謹慎地向白目男鞠躬。「感謝您的賞識，但就像兩國之間有合約一樣，我和公主之間也有一個不能違背的契約。那個，怎麼說呢，就是沒有期限，永久有效的那種。」

別說那個白目王子，就連我都被小榕搞迷糊了。她到底在說什麼？我沒有跟她簽過任何條約啊。

「妳說的那個該不會是……」白目男疑惑地問：「賣身契？」

「嗯，就是那個！賣身契！我已經被可蔚公主綁定一輩子了！」

小榕開朗地回答。

原來她那時候還沒睡著嗎？

啊，我真的是收養了一隻不得了的捲捲貓啊。

「小姐，為什麼將我送妳的禮物退了回來？」

「對不起……」

「不要說『對不起』，請告訴我妳的真心吧！」

「這份禮物，代表著戀慕之情。我，不能收……」

「我的心意，對妳而言，太沉重了嗎？」

「我一直……只當妳是朋友……」

舞台上，兩位漂亮的大姐姐演員熱情演出著，我身旁的昕霓公主看得正投入，哭到來不及擦眼淚。

今天，應小暴君——我是說，鄰國公主昕霓的邀請，我來到她的下午茶派對。

這次，不是作為可蔚公主的替身，而是以我的真實身分——侍女小榕來參加。本以為昕霓公主知道我當時欺騙她會大發雷霆，她卻一點也不在意。

當可蔚聽見昕霓毫不計較時，只是若有所思地笑了笑。「呵，看來真的轉移目標了。本來很擔心派對當天我有公務，讓妳單獨赴約恐怕會被小暴君『吃掉』，現在我就放心讓妳自己過去了。」

可蔚說的什麼吃掉什麼轉移，我一字也聽不懂。但她忽然間一反常態，贊成我和昕霓往來，害我心底有點……

空空的感覺？

昕霓特意在花園內架設了一座露天舞台，並邀請最當紅的戲班來演出，劇情據說有點禁忌，但很多千金小姐都很喜歡看。

我第一次看戲劇演出，心臟撲通撲通的，大概是因為台上的女神級演員演技太過強大。每次演到兩位女演員摟摟抱抱的地方，我都覺得脖子火辣辣的，想別過頭去，但又好介意兩人的發展。

演出落幕，昕霓一面哭著咬手帕，一面質問：「欸！妳為什麼都沒哭啊？這麼感人的劇情耶！」

「咦？為什麼要哭？」

「她愛她，她卻不愛她，這還不好哭嗎？妳是不是沒有失戀過啊？」

「失戀？」

昕霓忍不住翻了個白眼。「算了，一看妳就是連『初戀』都沒經歷過的小孩子。跟妳講再多也是白講。」

我也忍不住癟嘴回了一句：「妳自己還不是小孩子……」

本來就因為演出內容太過「刺激」，心跳總是有漏跳一拍的感覺，現在昕霓問起什麼初戀的事情，我的腦中居然浮現腹黑公主可蔚的臉！嚇得我趕緊轉移話題。

「話說，溫里克家族的苡真小姐怎麼沒來？」

我無心一句，卻意外像點燃昕霓滿腹火藥般，她瞬間原地爆炸。

「誰管她啦？說好聽點是對每個女生都『一視同仁』，說難聽點就是『花心』！就像剛才戲裡演的那樣，別人真心對她，她卻只是把別人當作『朋友』，根本是『渣女』！」

昕霓越說越激動，我的腦袋則因為湧入過多新名詞而卡住了。

「昕霓，雖然我不知道『花心』和『渣女』具體的定義，但苡真的個性很誠實，也很體貼，妳們是不是有什麼誤會？要不要去問問她——」

「怎麼可能真的去問她啦！阿呆榕！難道妳家可蔚公主不理妳的時候，妳會直接衝過去問她是不是對妳沒興趣了嗎？」

我不知為何一時語塞。「我……我……我們的狀況又不一樣！如果腹黑公主願意放過我，我不知道有多開心！」

「妳就不要哪天失寵、失戀的時候，跑來跟我哭！」

昕霓氣呼呼地抓起厚重的裙角，頭也不回就走。

打道回府的過程中，我越想越不對。倒不是因為昕霓對我發脾氣，畢竟她每天都兇巴巴的。我無法參透的是，昕霓對苡真的感情。

又在乎又急切，又擔憂又喜悅。生氣的時候想念，不生氣的時候也想念。這到底是什麼心情？

難道，是像今天戲裡演出的那樣？

愛慕！

兩個女孩子之間，可能嗎？

那，我對可蔚的心情？又是什麼呢？

糊里糊塗就回到了城堡內。雙腳像被制約似的，逕自走到可蔚房門前。正要推門進去時，卻被侍女長攔住了。

「公主交代，從今往後，妳不必每日侍寢了，回自己的房間好好休息吧。」

咦？

好不容易可以不用侍寢了，好不容易可以安心地睡在自己的床上，我卻一點都沒有「放心」的感覺？

彷彿嫌我的腦袋不夠亂了似的，一回到房間，就看見我之前送給可蔚的洋裝，像從來沒有使用過一樣，疊得整整齊齊放在牆角。

我一直都知道，她不缺漂亮衣服。但，我還是很希望能送她一件洋裝，代表我的心意——是「感謝」！對，是「感謝」！畢竟，她收留我這個來歷不明的人，還這麼照顧我！

我來到這個國家之後，從來沒有花過錢，但為了這件洋裝，我將薪水全部提領出來，並努力找到和她常穿的洋裝不一樣的布料和裝飾。我一針一線，縫製了半年多的洋裝，就這樣被退回來了？

『妳就不要哪天失寵、失戀的時候，跑來跟我哭！』

腦中響起了下午昕霓說的話。

我，這是，「失寵」了嗎？

或者，更糟的是，我，「失戀」了嗎？

✎✎✎

好幾次，我都想問可蔚為什麼要退回我做的洋裝。無奈的是，她總是忙得不見人影。

不，不可能連吃飯洗澡的時間都沒有吧？

她是刻意躲我嗎？就像昕霓說的那樣？

原來她是這種熱情一下就消退的人嗎？既然這樣，為什麼大公爵事件結束後不讓我走，還逼我簽什麼「賣身契」？

她是不是以為我會像之前一樣，自己摸摸鼻子走人？

我偏不！我也是有成長的！哼！我今天一定要跟她「攤牌」！

就算「失寵」，我也要「失」得有骨氣！

「公主大人！」

「小、小榕！妳怎麼在這裡？」

我知道她這幾天為了躲我，都趁侍女宵禁時間洗澡。我埋伏在浴池到她房間的那條路上，一聽見她的腳步聲，就三步併作兩步，跑到走廊中間攔截她。

她刻意背向我，說：「妳快回房吧，侍女長一直很嚴格執行宵禁，要是被抓到，就算是我幫妳求情也不一定有用的。」

我拉住她的手，轉身將她困在我和牆角之間。

來到這個世界已經過了兩年多。原本高我一個頭的可蔚，竟已快要變成與我平視的角度。她不可能縮水，是我一下子長高了很多吧。

我第一次看到她這麼緊張，緊張到緊閉雙眼。原本極度鬱悶的心情，在這麼近距離看著她的時候，全都消散了。我收回雙手，讓她自在地靠著牆。

很久都沒有人說話，我忍不住長嘆了一口氣。

「……我會離開城堡，去找其他工作。」

她卻比我還訝異：「為什麼？妳要去哪裡？這裡不好嗎？」

「我不想造成妳的困擾。」

「我哪有困擾？」

「妳一直在躲我吧？今天如果不是我攔截妳，我們就快一個月沒說過話了。」

「那是因為……」

「送妳洋裝，妳覺得很『沉重』嗎？」

她垂著頭，說了些什麼，但小聲到我一個字都聽不見。

我猜，在我被昕霓點醒，察覺自己的心意之前，可蔚就已經有些發覺了吧？她恐怕是為了我，才沒有拆穿。

「我沒有那麼厚臉皮，也沒有那麼後知後覺。我知道妳本來就不擅長拒絕，這已經是妳最委婉的方式了……」見她垂著頭，好像比我還委屈的樣子，我努力笑了笑。「沒事啦！我會常常找時間來拜訪妳，我們還是好朋友——」

「——因為穿不下！」

她突然提高音量。我嚇了一跳。

「可蔚……？」

她抬起頭瞪我，我這才發現她的臉好紅好紅，紅到即使在昏暗的月光下，都像極了熟透的蘋果。

「不是不想收下，是因為……」她看起來快哭了，我不自覺地抱緊她。她深呼吸，好像很努力在避免自己哭出來，只能一字一句慢慢地說：「……妳做的洋裝，我……穿不下……我知道妳花了很多心思，我收到的時候也很開心，但是就是……」

我連忙安慰她：「是不是又長高了？還是尺寸哪邊不對？我有預留布料，都可以修改的，妳先不要傷心，之後我們再看哪邊要改……」

怎知，她更不開心了。

「不是、不是『那種』穿不下！我——我——」

她越說越窘迫，我非常想要搞懂她的意思，但怎麼都不明白。她抬起本來靠在我肩膀上的頭，仰頭看著我，我本來只是想要安撫她，便摸摸她的臉頰，而就在此時，順著她的下頜線，我不小心看到了她的鎖骨和衣領之間……

我迅即看向其他方向。她好像也發現了，小心地壓了壓領口。

原來，是因為這樣，才「穿不下」的。

我們從彆扭，到非常害羞，漸漸覺得有些好笑，最後，我們都忍不住笑了起來。

「……我真的不知道怎麼解釋……我不希望妳誤會我變胖……」

「但妳為什麼要躲我啦？」

「就說了我不知道怎麼解釋嘛！而且，妳又還沒——」

「喔！真是抱歉！我一點都不像女生！」

「欸！妳明知道我不是這個意思！」

她又生起了悶氣，兩手環抱胸前，偏過頭去。「最奇怪的是妳吧？就算我因為害羞躲妳，妳也不應該誤會成我想趕妳出去吧？未免對我太沒有信心了。」

「妳都把洋裝『退』回來了，我怎麼可能不動搖啊？」

我和可蔚說起在昕霓家看到的舞台劇情節，說著說著，她終於不氣了，還越聽越投入。

聽完我的敘述後，她總結故事內容如下。「……所以，女一察覺了女二的戀慕之情，不願接受，便將禮物退回，女二因此『失戀』了？」

「嗯嗯！」

「然後妳看到我放回去的洋裝，想到了這個劇情，內心非常難過？」

「嗯嗯！」

「因為妳覺得故事情節，和我們有點像？」

「嗯嗯！」

「也就是說，妳對我的感覺，就像戲裡的女二對女一的感覺？」

「嗯……嗯？」

我停下動作，這才驚覺自己好像承認了很不得了的事情。

「妳為什麼不回答？快點嘛！快點回答我嘛！」

明明今天一開始害羞的人是她吧？為什麼最後又變成我在臉紅啦？

✎✎✎

自從發現，不論如何，小榕都比我害羞之後，我又把她抓回來「侍寢」了。

日子一天天過去，我承擔的公務越來越多，但只要睡在小榕身邊，疲勞很快就消失了。

我們會永永遠遠這麼愜意、甜蜜。我一直是這樣想的。

直到某天。

小榕白天去拜訪溫里克千金，我因為要出席另一個餐會，就沒有一起過去。本來預計要傍晚才會回來的小榕，中午就臉色蒼白地回到了城堡。

問了隨行的人員，她們說，溫里克家的聚會，請來了一位相當靈驗的占卜師，算了現場幾位來賓的前世。輪到小榕的時候，占卜師沒有說話，只是給她看了手上的水晶球。

當天在場的人大多都是這樣描述的。「小榕突然哭得好難過，旁邊的人怎麼安慰她都沒用，苡真小姐便趕緊命人帶她先回來休息。」

那天之後，小榕白天總是患得患失的，半夜又經常做惡夢。問她夢見了什麼，需不需要再請那位占卜師來看看，她總是迴避。

「可蔚，我回自己房間睡，不然會吵到妳。」

「不行，就是因為妳會一直做惡夢，更不能讓妳自己睡。」

不知道為什麼，我想起剛認識她的時候，她第一次聽到我的名字，也是突然陷入不知名的悲傷，滿臉眼淚。

這兩件事，難道有什麼關聯嗎？

由於小榕的狀況始終沒有改善，我決定親自跑一趟溫里克家，打聽更多消息。

沒想到，迎接我的是——

「……然後啊，她就霸氣地拉住我的手，說——『花心的人是妳吧！昕霓！每次派對都邀那麼多人，我們獨處的時間根本沒有多少，我如何得知妳內心真正的想法呢？』嘻嘻，搞了半天，她還比我吃醋呢……」

鄰國的小暴君公主，抱著害羞到快要石化的溫里克千金，鉅細靡遺地描述她們是怎麼「和好」的。總覺得她們兩人散發著強烈的粉紅色光，刺眼到我的雙眼都快瞎掉了。

「太好了，誤會解開了。真替妳們開心。」

小暴君察覺到我的敷衍，卻沒有像以往那樣暴怒，只是嘛了嘛嘴。「知道妳根本不在意其他人，只擔心妳的小侍女。」

苡真擔憂地問：「小榕還是經常做惡夢嗎？」

「嗯。」我無奈地點頭。

「知道是關於什麼的惡夢嗎？」

「雖然她不願多說，但有時候，會聽到她說夢話。好像，夢到被丟下？應該是特別孤獨的夢境吧……」

苡真昕霓都露出了難過的表情，我嘗試用不增加她們負擔的方式詢問：「兩位先不要太擔心，我就是想辦法來了解狀況的。那天除了占卜之外，有沒有什麼特別奇怪的地方呢？」

昕霓自責地說：「都怪我。我本來想說，小榕好像沒有來到這個國家之前的記憶，才要占卜師幫她看看。明明是想幫助她，卻造成她的困擾……」

苡真一面安慰昕霓，一面補充：「我們都看不到水晶球的內容。占卜師也說，前世回憶只有本人才看得見……」

少得可憐的情報來源又斷了一條，我不免有些失望。「嗯……原本想透過兩位找到那位占卜師，看來也未必有幫助……」

「我覺得……」昕霓像想起了什麼似地說：「那天與其說是占卜，小榕更像是失憶的人終於找回記憶那樣……一定是很悲傷的回憶吧，所以她沒辦法只當作是前世那樣遙遠的事情……」

苡真思索了一下，接著說：「……沒辦法『只』當作前世嗎？也就是說，可能和她的『現在』有關？」

我們三人互望了一陣子。然後，當我看見苡真緊緊牽著昕霓的手，我好像有了線索。

回到城堡內，正準備和小榕好好說明我的想法，就發現她抱著枕頭和被子，準備溜回她自己的房間。

「妳要去哪裡？」

她一緊張又結結巴巴：「我、我是擔心我自己睡不好才搬的喔。我想說，試試看自己睡，可能會睡得比較熟。絕對不是因為妳——」

我問，她便愣住了。

「妳看見的回憶，跟我有關嗎？」

果然不出我所料。她如此傷心，又拒絕告訴我的原因，就是因為「我」也在其中。

我小心試探。「我那時……很壞嗎？」

她立刻反駁：「怎麼可能？妳一直都……很溫暖，很善良……」

「但是，我當時丟下妳一個人了，對吧？」

她像是又想起了那些事情，但努力忍住不哭。

我嘆了口氣。「害妳一個人這麼孤單，果然是我的錯吧……」

「不是妳的錯……真的……」

她像是用盡身上所有的力氣一樣，努力對我笑。

「啊！好痛！」

我摀住胸口，她急忙查看我的狀況。

「哪裡痛？我看看？」

我牽起她的手，放在我的胸前。

「這裡。心臟。很痛。」

我抱著她，她只是非常輕地回抱，彷彿我極度易碎。

她的身高什麼時候超過我了啊？現在我居然只能靠著她的肩膀。

「以前的我也比妳矮嗎？」我問。

她還是壓抑著情緒。「一開始比我高，後來……」

「以前的我很聰明嗎？」

「跟妳現在一樣聰明。」

「妳比較喜歡以前的我嗎？」

「哪有辦法這樣比啊？妳就是妳啊。」

「那不就對了嗎？」我抬頭看她，一手戳了戳她的臉。「既然重新相遇了，就要好好珍惜。我不知道以前的我是怎樣啦，但我這次是絕對、絕對不可能放過妳喔，妳做好覺悟吧！」

她呆呆地看了我一陣子，喃喃說道。

「是啊，這次，一定要更珍惜……」

見她好像又要哭了，我慌了手腳。

「但也不要這麼患得患失啦！妳這麼多愁善感的樣子，我真的很不習慣！倒不如變回之前那個總是害羞躲我的小榕吧！」

她見我手足無措的樣子，卻笑了出來。是時隔了好久好久的，她的笑容。

「更正一下，『以前』的妳，並沒有這麼腹黑……」

「欸！」

我作勢要推開她，她突然抱緊我。這次，小榕終於沒有再把我當易碎品那般。

她深呼吸了一大口氣，本以為她要長篇大論，又或是真情告白。結果，她只是小小聲在我耳邊說了一聲。

「喵。」

不知道為什麼，明明只有一個字，我卻像聽懂了千言萬語。

我也用力地緊緊回抱她，並回答。

「喵。」

番外二 光線，在下是貓

在下是貓，未有姓名。

不知是何處，只記得自己在幽暗陰冷的地方哭號著出生。我發育不良，起初近乎全盲，待我較能看見這個世界時，我的兄弟姊妹和母親早已遠走，大概是認定我將早夭。

此時，我初次見到了人類，一種名為「大叔」的奇怪物種。人類大叔帶我走進一座光線過於明亮的建築物內，我尖叫掙扎。

接著，有人類女生的聲音響起。

「小楊老師！你怎麼又在路邊撿小貓回來了啦！」

「叫院長啦，都在我這邊工作了還叫老師。」

隔壁房間傳來眾多我的同族及其他物種的叫聲，此起彼落。我越來越恐懼，人類大叔究竟是有怎樣的怪癖？竟將貓貓兔兔龜龜等小動物囚禁於此？

就在我深陷絕望之時，稱呼大叔為老師的人類大姐姐，將我緊緊包覆在柔軟的毯子中。

「喵，第一次來到陌生的地方一定嚇壞了吧？沒事的，我抱著妳喔，喵……喵……」

她的懷抱和她的聲音一樣溫暖而柔軟，而且莫名地令我感到熟悉，彷彿我已經認識她很久那樣。

大叔見狀忍不住吐槽：「妳抱怨歸抱怨，其實比誰都疼愛這些被拋棄的小貓吧，可蔚。」

大姐姐原來叫做可蔚啊！

她將我捧在手心，我這才看清楚她的模樣。

她有一雙黑白分明的大眼，略帶橘紅的兩頰，一頭烏黑柔順的長髮綁成一個高高的馬尾。我的視線隨著她的馬尾左搖右晃，想伸手觸碰，但又怕我的爪子不小心弄痛她。

「妳是三花啊……」

可蔚姐姐一定很失望吧，我是母貓中最平凡無奇的三花貓，還因為先天失調，毛參差不齊又瘦巴巴的。她一定不喜歡我這種貓貓。

然而，她卻將我緊緊擁入懷中。

「喵，我們是獸醫喔，這裡是動物醫院。我和我的老師——小楊院長，一定會把妳治好，還會把妳養得胖胖的。」

大叔再次吐槽：「可蔚啊，妳每次都跟貓這樣講話，他們又聽不懂。」

「當然聽得懂，因為我會說貓貓語嘛。妳說是不是啊小貓？」

她伸出修長的手指，搔搔我的下巴。我全身飄飄然的。如果，貓也有翅膀，能飛到雲朵上面，就是這種感覺了吧。

「哇！她在踏踏了！可蔚妳真厲害，剛剛我可是費了九牛二虎之力才把這隻小貓帶回來的！」

大叔驚呼，我回過神來。

剛才不小心露出了醜態，絕對不是因為我太好誘騙，而是可蔚姐姐太懂得貓咪的弱點了！

大叔拿出一個紙板記錄。「叫她小花九號好了。我們醫院救助的第九隻三花。」

我朝大叔哈氣。誰要叫這麼俗氣的名字？那我也要叫你大叔一號！

「不要亂取啦！小貓會傷心的。」

可蔚大姐姐用臉頰貼住我的臉頰，甜甜地說。

「就叫妳『小榕』吧！榕樹的榕。希望妳像榕樹一樣長壽、健康。」

在下是貓，名叫「小榕」，是一隻最喜歡可蔚姐姐的貓。

我漸漸熟悉了環境。

這間動物醫院的院長，就是撿到我的小楊大叔。

大叔的得意門生，這裡最受歡迎的醫生，就是我最喜歡的可蔚姐姐。

在可蔚姐姐無微不至的照料下，我不僅變強壯了，還長出一點點「嘴邊肉」。

然而，可蔚姐姐卻總是放心不下我。就連幫其他動物看診時，都會將我放在身邊。

現在，檢驗台上有隻讓可蔚姐姐非常苦惱的布偶貓。布偶貓的主人全身穿戴著所謂的名牌，應該就是人類物種之中的「貴婦」吧。

「醫生！昕霓昨天開始就一直不吃飼料，到底是生什麼病？」

昕霓。呵，果然是貴婦養的貓，連名字都這麼浮誇。

檢查過程中，昕霓一直吵鬧扭動，甚至差點抓傷可蔚姐姐。

只見姐姐滿頭大汗地苦笑著。「昕霓，忍耐一下好不好？妳知道嗎，我身後這隻新來的小貓叫做小榕，她連打針抽血都不怕喔。向小榕學習好不好啊？」

我得意地看向那隻矯揉造作的品種貓，她卻不以為然。

可憎的貓！可蔚姐姐願意摸她全身——我是說，可蔚姐姐如此用心幫我們看病，還不懂得珍惜！

做作貓一直不配合，可蔚姐姐嘆了口氣。「唉，只好拿出祕密武器了。」

可蔚姐姐從高處拿出一個好聞的罐子。即使隔得那麼遠，我都聞到裡面的香味。

是貓草！

只見昕霓瞬間翻肚肚打滾。哈，一秒前還那麼不可一世的樣子，遇見貓草還是只能投降吧。

可蔚姐姐趁機做完了檢查，然後鬆了一口氣。

「昕霓看起來很健康喔，是不是換了新飼料不喜歡？還是最近餵她太多零食導致她不吃正餐呢？」

貴婦恍然大悟，說：「最近我老公買了一大包小魚乾回來，三不五時就餵她。」

什麼嘛，居然因為這樣大驚小怪的。

「零食還是要節制喔。」可蔚姊姊溫柔地提醒：「如果遇到像昕霓這樣害怕看醫生的貓貓，可以在家裡玩『看診遊戲』。假裝幫她檢查身體的各部位，她表現好再給她零食或貓草當作獎勵。」

「原來是這樣！難怪醫生妳這邊的貓都不會叫！」

貴婦抱著昕霓走了，但我實在很不甘心。

「久等了小榕，我今天的工作已經結束囉。」

可蔚姐姐打開我的籠子，將我斜斜地抱起，並讓我靠在她的頸間。我剛好可以看到她高高綁起的馬尾，又可以貼著她的臉頰。

昕霓的主人完全誤會了。我不抵抗，才不是貪圖零食貓草那類廉價的東西。最珍貴的獎勵，就是可蔚姐姐香香暖暖的抱抱了。

這間動物醫院，也常出現我在地球上最厭惡的物種。

「阿智！等等！阿智！」

老是掙脫牽繩的那隻臭狗，今天又來了。

他是小楊大叔養的狗。大叔常常帶他來上班，避免他把家中的家具全都咬壞

（欸等等，亂咬醫院這邊的設備就比較好？）。

人類叫他們「二哈」，果真有原因的。非但沒有善加利用自己魁梧的身形，達成一番作為，還每天像白癡一樣橫衝直撞的，真是浪費。

算了，只要他不要騷擾我最珍貴的可蔚姐姐，可以不跟他一般見識。

「汪！汪汪！」

一個不留神，這隻臭狗居然朝我飛撲而來，張開他的血盆大口，眼見就要把我吞進肚中！可惡！你去吃旁邊那隻胖胖的柯基不好嗎？他比我肥美多了吧？還長得像人類吃的吐司那樣黃澄澄的。我天生乾乾瘦瘦的，幹嘛咬我啊？

大叔！小楊大叔！我暫時承認你是我的救命恩人了！快來救救我啊！這是你養出來的狗！你要想辦法控制他吧！不要像個痴漢在那邊嘻嘻哈哈貼在地板上拍照啊！我可是快要沒命了！

「阿智，stop。」

一雙熟悉的手，將我抱進熟悉的懷裡。

「老師，跟你說過好幾次了，小榕很怕生，你讓阿智這麼熱情的狗狗靠近她，她會嚇到吃不好、睡不好的。」

可蔚姐姐替我教訓了大叔後，摸摸我的頭，又拍拍我的背。

「喵，姐姐來晚了，對不起喔，姐姐疼疼。怎麼了？是不是撞到哪裡了？怎麼一直在哭哭啊？嗯？我看看？」

我伸出不幸被臭狗口水滴到的左前腳。

可蔚姐姐一下就讀懂了我的心思，笑著說：「喔，沾到阿智口水啦。不喜歡狗狗的味道對不對？姐姐帶妳去洗香香喔。」

進沐浴間前，我愉快地朝臭狗瞪了一眼。

今天，又是可蔚姐姐與我相親相愛的一天。

小楊大叔最近救了一隻很漂亮的小鸚鵡回來。

她的腳環上有名字，叫做苡真。

大叔在網上打聽了很久，尋找苡真的主人，但都沒有下落。

幾天後，昕霓因為亂咬貴婦主人的耳機，留院觀察一天。

午休時間，我正愁見不到可蔚姐姐，昕霓竟趁人類不在的時間搗蛋。

「喂！那邊那隻鸚鵡！妳幹嘛都不說話？」

昕霓對著苡真的方向大叫。

苡真嚇了一跳。她並非不明白昕霓的語言，只是覺得昕霓很粗魯。我們動物之間說話不像人類需要文字，而是靠心意溝通。

「鸚鵡不是都很喜歡說話嗎？妳不說話是不是因為妳聲音不好聽？還有，妳的羽毛為什麼那麼醜啊？妳沒人要喔？」

我收回前言，就算是動物，也有不懂傳達心意的呆瓜。

我忍不住出手干涉。

「昕霓！妳可不可以好好表達啊，不要這麼口是心非好嗎？」

「我哪裡口是心非啊？」

「妳看到苡真的羽毛脫落，有點憂鬱的樣子，想關心她，陪她聊天，就好好說出來啊，為什麼要用酸的啦？」

「我個性就是這樣嘛！」

見我們爭執不下，苡真說話了。

「沒關係，我知道昕霓沒有惡意。老實說，我覺得很丟臉，因為我不像昕霓那麼漂亮、那麼聰明，才會被主人拋棄。我明明是鸚鵡，卻不會說人類的語言，只會模仿。如果我會說人類的話，我會叫小楊院長不用再浪費時間，我已經沒有家了。」

我們聽了很難過，不知道該說什麼。

當晚，貴婦來接昕霓回家，昕霓卻比平常鬧得還厲害，連可蔚姐姐都制伏不了她。

貴婦追在昕霓身後，上氣不接下氣。「昕霓？妳又跑去哪邊了？」

昕霓再出現的時候，嘴巴鼓鼓的。貴婦嚇得花容失色。

「昕霓！妳又亂吃到什麼了？」

昕霓慢慢打開嘴巴。

她的嘴裡，竟是毫髮無傷的苡真！

「哎呀！這是誰家的鸚鵡？這麼漂亮卻被我們昕霓咬了一口，對不起啊。」

貴婦小心翼翼捧起苡真。

苡真明明才是「受害」者，她卻非常擔心地看著昕霓，好像害怕昕霓被責怪、處罰。

我咬了咬可蔚姐姐的褲腳，姐姐讀懂了我的意思。

可蔚姐姐走上前，解釋道：「她是等待領養的孩子喔。我看看。嗯，除了羽毛上沾到很多昕霓的口水之外，都沒什麼大礙。」

貴婦鬆了口氣，可蔚姐姐不忘叮嚀昕霓：「以後要用更溫柔的方式表達妳想帶人家回家喔，知道嗎？」

「昕霓？妳喜歡這隻小鸚鵡嗎？」貴婦問。

昕霓蹭蹭貴婦的手，表達同意。（天啊我第一次看到她這麼乖巧的樣子！）

苡真和昕霓回家之前，小小聲對我說。

「我有新家了。希望小榕也快點找到新家。」

夜漸深，可蔚姐姐的工作終於告一段落。

她背好背包，拿起鑰匙準備鎖門。

「今天也護送我回家嗎？小榕？」她問。

我跟著她的腳步，往門外走去。

她笑，將我高高抱起。

「回到我家就很晚了呢，只好讓妳住一晚了吧。那，明早也要麻煩妳從我家，護送我來上班唷。」

苡真，可蔚姐姐所在的地方，就是我的家喔。

（番外篇完）

貓與海的彼端

Sea You There and Us

漫畫特別篇　化裝舞會

貓與海的彼端
Sea you there and us

吳筱榕，
要當我的舞伴嗎？
不行啦，
是我先約她跳舞的！
咦…？
欸……？
這……
這到底是怎麼回事啊！

幾個小時前
各位同學！
這個學期我們的體育課將會換一個新項目了。
籃球？
我想踢足球！
總之不是球類，我們班要酷一點、跳一點的！
對了，還會跟美術課連動喔！
游泳嗎？
太普通了，水上芭蕾還比較酷呢。
水上芭蕾！有一點接近囉！
……

畢竟小楊老師也有帶美術課，
該不會是我們做造型，再加上跳舞？
叮咚叮咚！
四年三班體育課聯合美術課期末考項目——
WINNER!
化裝舞會！
咦咦咦咦咦咦咦!?

化裝舞會！
聽起來好隆重！好大人！
距離學期末還有一個多月的時間，
我會一步步帶領大家，
規劃細節、設計造型跟練習舞步，
大家就從找舞伴開始吧！
化裝舞會
那些名詞感覺也好大人！
時間回到現在——

這兩個同學
我都超不熟的啊！
上星期自然課
做實驗的時候，
就覺得妳很細心，
想要多認識妳……
自然課？
可蔚，
妳離火遠一點，
我來蓋火就行！
剩下的器材
也要等冷卻後
再接觸……
喔

我比他更早想找妳！
上個月同樂會，老師叫我們做菜帶來，妳做的玉子燒超好吃的！
玉子燒？
哇～看起來好好吃喔！
學長，我做的料理還可以嗎？
好厲害，這個玉子燒居然是自己做的！
我也好想吃看看這種日式家常料理喔。
可以拿來當作畫參考。

抱歉，
我無法答應
你們任何一位！

童可蔚小姐，妳願意做我的舞伴嗎？

筱榕，
妳在說什麼？
舞會要男女一組……
我從來沒有說過只能男女一組喔！
可以嗎？
……嗯。
我也想跟妳一組。

哇！筱榕！太好了！
明明沒有小孩，怎麼有種嫁女兒的心情呢？
老師你小聲點啦！這裡是辦公室！
不要只會傻笑啦。既然來到辦公室了，
就幫我把這邊東西弄完，
我們才有時間練舞步……
好！

嗡
筱榕好厲害！
也幫我吹！
拜託～
嗡
真是的！
筱榕也要弄
自己的頭髮呀！

四年三班
化裝舞會
明明我還是比妳高一點，
為什麼是妳負責男生的舞步啊？

化裝舞會
因為很難得可以看到妳捲髮的造型？
蛤？關聯是什麼？
要開始跳了喔。

可蔚？妳不舒服嗎？
喵！
……啦……
？
……啦！
還是我們先去旁邊休息一下？
我現在跟老師說——
我也會緊張啦！

噗
看我肩膀，
或是稍微
看遠一點點。
呼—

四年三班
化裝舞會
他之前是不是有找妳一組？
嗯。但原因只是因為我做的玉子燒。
喔。
然後同時間還有另一個男生問妳？
很強喔吳筱榕，兩個男生為了妳變成「情敵」。
什麼啦。

好~互相敬禮!
化裝舞會

那個玉子燒明明是為了我才做的……

後記

外婆很迷瓊瑤，還以瓊瑤筆下的角色，為我取了小名──「小霜」。但因為那齣戲是悲劇，親戚鄰居總愛碎念外婆：「怎麼可以用悲劇女主角的名字來當孫女的小名呢？」某次過年，外婆被舅公舅婆等抓住，說是怎樣都要幫我換小名，我媽便出來解圍，說：「不是冰霜、霜雪的『霜』，是雙雙對對的『雙』。我媽叫習慣了，就還是叫『小雙』吧。」

上小學後，我就央求媽媽改叫我的本名，不要叫「小雙」。那時覺得自己「長大」了，不需要「小名」這種東西。結果後來，我因為太喜歡學貓叫，被同學取了另一個小名叫「巧喵」。二十年後，非但沒有擺脫「小名」這個東西，還拿了其中一個來做筆名。當時的我要是知道了，一定會怒斥現在這個已經長成阿姨的我吧。

《貓與海的彼端》小說版連載一寫完，將我帶大的外婆突然過世了。雖然很突然，卻偏偏是在我手邊工作都暫時告一段落時離開的，總覺得她好像是算好的。悲傷總是在無預警時湧現，好比在查編劇資料，搜索結果跳出瓊瑤劇的情節時，我才忽然意識到，這個世界上已經沒有人會再叫我「小雙」了，那個名字已經隨著外婆離開了。想到這裡，就心痛到彷彿某部分的我也隨著那個再也沒有人會呼喚的名字，一起死去了。

雖然他們帶走了某部分的我們，但也留下了他們的一部分成為我們。《貓與海的彼端》便是這樣的一部故事，關於如何追憶，如何哀悼，如何接受已經隨著對方死去的一部分的自己，如何與對方留下的一部分繼續活著。隨著年紀增長，經歷的離別變多，卻往往沒有比第一次好受，反倒都像從頭來過。衷心希望這部作品，能帶給各位甜蜜和笑容，也能陪伴各位走過悲傷，慢慢風乾眼淚。

接下來是QA時間～

Q：請自我介紹。

A：我是巧喵，《貓與海的彼端》小說版作者&漫畫版原案。本業是舞台劇編劇、音樂劇編劇&作詞，初次跨界到輕小說和漫畫的領域，心驚膽跳之餘卻也大開

眼界，還請各位多多指教～

Q：《貓與海的彼端》是怎樣開始的？

A：二〇二〇春天疫情剛爆發時，很多工作臨時取消，只能在家寫文章。從事漫畫編輯的朋友看到我發在臉書上的其中一篇，覺得很有潛力改編成漫畫，就在朋友和「CCC」的牽成之下認識了畫家星期一回收日，開始了漫畫版的合作。

漫畫版在眾多推手的幫助下，廣受讀者歡迎，我也因此收到了台灣角川的邀約，開始了小說版線上連載。一路上，這個故事受到非常多人的呵護，才能順利地越走越遠，漫畫版甚至榮獲了日本國際漫畫獎銀獎。

Q：漫畫版合作的過程？

A：感覺很像交到一位筆友～我寫的散文透過編輯轉達給畫家，畫家再回覆分鏡給我。我常懷疑畫家是不是有「通靈之術」，單憑文字描述，就能將我腦海中想像的畫面如此立體的描繪出來，還能補上文字其實沒有提到的細節！

標題《貓與海的彼端》，還有兩位主角（可蔚、筱榕）的名字是畫家的點子，角色設定（尤其是可蔚的造型）也出自畫家的神手。雖然我是「原案」，但每次收到畫家傳來的內容都很驚喜，好像透過畫家整理後再創造的這些情節、人物，獲得另一種重新觀看這段故事的方式。

Q：小說版和漫畫版有什麼不同？

A：兩邊的大主線都是一樣的喔。只是因為當時漫畫版先面世，有很多讀者留言說：「小時候互動不夠看！」所以小說版加了滿多細節的。也因為小說版並非以畫面，而是以文字說故事，所以和漫畫版的表達方式不太一樣。例如：小說版中間筱榕和可蔚一度出現疑似「冷戰」的過程，因為小說版的篇幅比漫畫拉得長一點，就比較有餘裕去處理女孩子成長期間這些敏感的問題。

最初，台灣角川編輯問我小說版想新增什麼內容時，腦袋第一個想處理的情節就是這段。筱榕被可蔚的光芒感染，得以快速成長，但過於迅速也會有「副作用」。兩人明明是好朋友，但某程度來說一直不太對等，特別是兩人近乎相反的性格，導致筱榕總是下意識地將自己擺到很低的位置，不僅造成筱榕壓力，也會讓可蔚不知所措。我想，不論是女孩或男孩，多少都在成長過程中遇到這樣「既對等又對立」的朋友吧。

Q：小說版有哪些是漫畫版沒有的情節？

A：這邊重點整理了幾段內容如下——

找糖吃1：第四章漫畫，接吻。

手殘筱榕畫不好主角接吻的畫面，可蔚竟決定親身示範！

找糖吃2：第八章情敵，化裝舞會。

兩位男同學向筱榕告白，筱榕卻早已心有所屬？可蔚居然也有害羞，「不器用」的時候？

找胃藥1：第五章影子，冒牌貨。

筱榕成績突然超越可蔚，兩人關係失衡。嫉妒又自卑的心情，都是因為太在意對方……

找胃藥2：第六章躲避球，保健室。

兩個多月都在「冷戰」，沒能和好的兩個女孩，因為可蔚受傷，終於在保健室哭著和好。可蔚承諾：以後都不會再讓筱榕哭泣。這個甜蜜的諾言，未來卻變成了隱憂？

由於線上連載初期的節奏比較慢，實體書為了整體考量會有所取捨，IF線番外的後半情節，實體書也走了和線上連載很不一樣的方向，有興趣的朋友歡迎上「KadoKado角角者」比較異同，並歡迎多多留言分享您的感想和建議喔！

故事由漫畫版延伸到小說版，而後漫畫又與小說聯動特別篇〈化裝舞會〉。收到畫家分鏡的那天已被甜到牙齒痛，還向夜空（？）許願特別篇實體化（人家想要抱著臉紅的可蔚睡覺！）（被打），能收錄至小說實體書中真是太好了。

最後，感謝最初發現這個故事的潛力的漫畫版編輯萱珮，以及最讓人信賴的畫家星期一回收日。感謝漫畫版另一位編輯順心、小說版連載編輯Lorraine、實體書責編育婷、蓋亞編輯小紅。感謝縱容我、支持我的家人和鼓勵我的傅大姊、辰柔、ＯＡ、君涵、穎萱。感謝用心的讀者宜娟和所有喜愛這部作品的讀者。

感謝第一位和我分享創作的快樂的摯友，祉君。

巧喵

國家圖書館出版品預行編目資料

貓與海的彼端 / 巧喵作 . -- 初版 . -- 臺北市：臺灣角川股份有限公司, 2023.04

面；　公分

ISBN 978-626-352-455-2(平裝)

863.57　　112001745

貓與海的彼端 Sea You There and Us

作者．巧喵
漫畫&插畫．星期一回收日

2023年4月26日 初版第1刷發行

發行人．岩崎剛人
總監．呂慧君
編輯．陳育婷
美術設計．李曼庭
印務．李明修（主任）、張加恩（主任）、張凱棋

台灣角川

發行所．台灣角川股份有限公司
地址．104台北市中山區松江路223號3樓
電話．（02）2515-3000
傳真．（02）2515-0033
網址．www.kadokawa.com.tw
劃撥帳戶．台灣角川股份有限公司
劃撥帳號．19487412
法律顧問．有澤法律事務所
製版．尚騰印刷事業有限公司
ＩＳＢＮ．978-626-352-455-2